Une alliance pour Noël

NINA SINGH

Une alliance pour Noël

Traduction française de
ANNE DAUTUN

AZUR

HARLEQUIN

Collection : Azur

Titre original :
WEARING HIS RING TILL CHRISTMAS

HARPERCOLLINS FRANCE
83-85, boulevard Vincent-Auriol, 75646 PARIS CEDEX 13
Service Lectrices — Tél. : 01 45 82 47 47 - www.harlequin.fr
ISBN 978-2-2804-9168-6 — ISSN 0993-4448

Composé et édité par HarperCollins France.
Imprimé en septembre 2023 par CPI Black Print (Barcelone)
en utilisant 100% d'électricité renouvelable.
Dépôt légal : octobre 2023.

FSC www.fsc.org MIXTE Papier issu de sources responsables FSC® C159065

Pour limiter l'empreinte environnementale de ses livres, HarperCollins France s'engage à n'utiliser que du papier fabriqué à partir de bois provenant de forêts gérées durablement et de manière responsable.

1

Je dois reprendre les choses en main ! pensa Chiara Pearson.

Elle se laissa tomber sur le lit qu'elle venait de refaire, puis glissa son mobile dans la poche de son uniforme de femme de chambre. La conversation qu'elle avait eue avec son père peu de temps avant l'avait laissée anxieuse, envahie d'appréhension.

Par sa propre faute. Si elle se sentait coupable, Joshua Pearson n'y était pour rien. Après tout, la menteuse, c'était elle. Enfin, menteuse… le mot était un peu dur. Elle enjolivait la réalité, disait au vieil homme ce qu'il avait envie d'entendre : qu'elle le rejoindrait dans quelques semaines pour les fêtes de Noël, tout comme le ferait son frère.

Mais en fait, Chiara ne savait pas comment y parvenir, car elle était fauchée comme les blés ! Elle parvenait tout juste à couvrir ses dépenses ici, à Bali. Par chance, son job au Garden Beach Hotel lui permettait deux repas par jour. Tout ce qui restait du buffet à volonté était bon à prendre, à la fin du service à la clientèle. Chiara se refusait à penser qu'elle « profitait des restes ». C'était si dégradant ! Mais comment décrire les choses autrement ? Elle ne trouvait pas les mots.

Elle était tout aussi démunie pour révéler à son père qu'elle n'avait pas de quoi payer son voyage de retour à la maison. Celui-ci lui aurait encore donné de l'argent, sans hésiter. Certes, elle aurait pu être tentée de le solliciter. Mais elle avait sa fierté. Il serait effondré si elle manquait à sa parole d'être présente à Noël cette année !

Son mobile vibra, et elle hésita à prendre l'appel. Si c'était encore son père, elle risquait de craquer, de reconnaître qu'elle lui avait menti sur sa situation en affirmant qu'elle se débrouillait bien. Retenue par son sentiment de culpabilité, elle sortit l'appareil juste avant que l'appel soit dirigé vers la messagerie. Son frère Marco était au bout du fil. Même si c'était presque aussi inconfortable que d'avoir affaire à son père, elle prit la communication.

— Salut ! J'ai eu du mal à te joindre, dis donc !

Malgré la situation, Chiara se sentit rassérénée. Marco et son père étaient sa seule famille, désormais, et elle les chérissait tendrement. Tout comme elle chérissait le souvenir de sa mère. Ils avaient formé un groupe très soudé – hélas irrémédiablement rompu, désormais.

— Salut, frangin, répondit-elle. J'étais au téléphone avec papa. Tu sais comment il est, ça n'en finit pas.

Leur père n'était certes pas du genre « taiseux » !

— Laisse-moi deviner… Il tenait à revoir en détail les plans pour Noël. Et à les revoir encore.

Chiara tenta de dompter sa nervosité au sujet de Noël. C'était l'occasion ou jamais de tout avouer. Mais Marco enchaînait déjà :

— Je ne l'ai jamais vu aussi excité à l'approche des fêtes de fin d'année. Il n'arrête pas de répéter qu'on sera enfin réunis.

Peut-être pas tous les trois, pensa Chiara, les larmes aux yeux.

— Vraiment ?

— Et comment ! Pour être franc, je suis impatient, moi aussi. Il y a un bout de temps qu'on ne s'est pas vus !

Voici que son frère s'emballait, lui aussi ! Elle avait envie de passer les fêtes de fin d'année avec ses proches, bien sûr. Mais le sort ne lui semblait guère favorable...

Cela dit, si elle avait pu revenir en arrière, elle aurait pris malgré tout la même décision. Comment aurait-elle pu laisser tomber une amie qui avait besoin d'argent encore plus qu'elle ?

— Bon, Marco... il faut que j'y aille. Le travail m'attend.

— Je comprends, dit son frère, un sourire dans la voix. Rappelle-moi plus tard.

— Promis.

Elle devrait tenir parole, téléphoner à son frère et lui apprendre qu'elle ne pourrait pas rentrer aux États-Unis pour les fêtes en dépit de ses promesses répétées. Elle qui avait assuré qu'elle ne manquerait ça pour rien au monde !

Sa conversation avec Marco serait une sorte de répétition de l'entretien redouté avec son père. Cela lui donnerait plus qu'un avant-goût du sermon qui l'attendait : elle était trop spontanée et ne réfléchissait jamais assez aux conséquences de ses décisions...

Elle gagna les baies vitrées du balcon pour contempler le ciel d'un gris brumeux. Bali était un si bel endroit ! Mais décembre y était souvent pluvieux, comme aujourd'hui. Un temps à se complaire dans la mélancolie... Pas question ! Chiara avait devant elle toute une journée de travail, et ne pouvait pas se permettre de perdre son job de femme de chambre. Faire le ménage dans un hôtel balnéaire de luxe n'avait rien de très glamour, mais elle avait désespérément besoin d'argent. D'autant plus qu'elle avait fait don de la somme que son père lui avait envoyée, et les quelques économies qu'elle avait réunies avec peine ces dernières semaines ne pourraient pas couvrir ses dépenses. Seigneur ! Comment allait-elle pouvoir s'en tirer ?

Déterminée, elle empoigna son chariot de service. Elle aurait tout le temps de s'angoisser et de ressasser son malheur tandis qu'elle récurerait et nettoierait les chambres. Même si elle avait peu d'espoir.

Evan Kim étouffa un juron en regardant l'enveloppe en papier glacé qu'il tenait à la main. Inutile de l'ouvrir, il savait ce qu'elle contenait : une invitation au mariage du siècle.

Oh ! il était heureux pour Louis. Vraiment. Son ami était l'être le plus authentique et généreux qui soit, et il méritait sa bonne fortune. Si le proche mariage de Louis posait un problème à Evan, c'était sans rapport direct avec le futur marié et sa fiancée – une adorable jeune femme qui faisait sensation dans le monde de la musique classique grâce à son talent de violoniste virtuose.

Le problème d'Evan, c'était le mariage en soi. La cérémonie. Ceux qui y assisteraient. Son instinct lui soufflait, lui criait même, de se défiler, d'envoyer des excuses. Mais cela aurait été lâche. Et si Evan avait bien des défauts, la lâcheté n'en faisait pas partie !

D'ailleurs, il respectait trop Louis pour lui faire faux bond le jour de ses noces. Ils avaient été, en grandissant, aussi proches que des frères. Evan avait déjà raté l'excursion d'une semaine à Hong Kong pour l'enterrement de la vie de garçon de son ami. Alors, il irait au mariage. Et supporterait stoïquement la souffrance et le malaise qui en découleraient dès qu'il verrait ses parents.

Avec un soupir, il jeta l'enveloppe non ouverte sur le lit défait, puis gagna la fenêtre qui donnait sur les flots. Pour ne rien arranger, il assisterait au mariage sans être accompagné d'une partenaire. Sa mère ne manquerait pas de commenter le fait, puis lui rappellerait qu'il les avait profondément déçus. Son père se contenterait d'opiner.

La plupart des parents auraient été impressionnés d'avoir un fils tel que lui. Mais pas les siens ! Sa réussite, tout ce qu'il avait accompli par lui-même, ne représentaient rien pour eux. La seule chose qui occupait son père et sa mère était qu'il s'était détourné de l'entreprise familiale. Donc, détourné d'eux, à les en croire.

Cela durait depuis des années. On aurait pu supposer qu'Evan avait cessé d'en être affecté. Mais il n'était pas dans sa nature de s'accommoder d'un échec. En ce qui concernait ses parents, il leur avait bel et bien fait défaut. Il avait rejeté l'entreprise familiale. C'était pour eux une trahison absolue. Le péché ultime pour l'unique héritier des Kim.

Mais à quoi cela l'avançait-il de s'appesantir là-dessus ? Il était revenu à Bali pour un congrès technologique organisé ici même, dans l'hôtel qui était pour lui son foyer. Ce congrès lui donnerait l'occasion de rencontrer l'entreprise italienne spécialisée dans l'intelligence artificielle qu'il courtisait depuis plusieurs mois. Entre ces démarches et le lancement de sa dernière application de jeux, il avait du pain sur la planche. Les souvenirs du passé ne devaient pas perturber sa concentration.

Il gagna le bureau en angle et son ordinateur portable à l'instant où un message apparaissait sur l'écran.

T'es-tu déjà connecté, ce matin ?

Non, il ne l'avait pas fait. Et si Emily lui posait cette question, cela ne pouvait être que pour une raison : un site Internet sordide avait encore publié quelque article propre à lui nuire. Evan tapa un message de réponse avant de lancer son navigateur, pour voir.

Gagné ! Il faisait le buzz une fois de plus. Pour de mauvaises raisons. Rien à voir avec l'application de jeux populaire qu'il avait développée ni aucun de ses derniers investissements. Non, quelqu'un avait déniché et mis en ligne plusieurs photos de lui en train de faire la fête sur un yacht, entouré de femmes hilares et court vêtues.

Le festival de cinéma auquel il avait assisté le mois dernier pour relâcher un peu la pression après des semaines de négociations intenses. Il aurait dû se méfier du mobile rôdeur qui l'avait flashé en pleine fiesta !

Lâchant un nouveau juron, Evan rabattit l'écran de son ordinateur. L'incident tombait au mauvais moment ! Il devait, le lendemain, convaincre les hommes d'affaires italiens qu'il était professionnel, sérieux et compétent, et ne déparerait pas dans leur conseil d'administration. Mais sa réputation de fêtard semblait le poursuivre et surgir aux moments les plus inopportuns.

Son mobile vibra, signalant un appel. C'était de nouveau Emily, son assistante.

— De grâce, dis-moi que tu as une parade pour limiter les dégâts ! lança-t-il.

— Hélas, non ! Mais un nouvel article chasse l'autre : une influenceuse et son ex-mari rockeur se disputent la garde de leurs enfants, lut Emily sur son écran.

— Pff ! Le mariage est vraiment une imposture ! répliqua Evan.

La seule idée de se marier lui donnait la chair de poule. Ses parents étaient toujours ensemble, mais d'aussi loin que remontaient ses souvenirs, il ne les avait jamais vus se montrer une quelconque affection.

Emily ne réagit pas à ce commentaire, et il entendit un profond soupir à l'autre bout de la ligne.

— Je ne téléphone pas pour les photos. Je crains d'avoir une autre mauvaise nouvelle.

— Eh bien, je t'écoute.

— L'interprète d'italien vient d'annuler. Une urgence familiale.

Tout allait donc de travers, aujourd'hui ? pensa Evan. Ce congrès à Bali était sa meilleure chance de rencontrer en personne les dirigeants de Roma AI pour les convaincre qu'il représentait un investissement sûr. Et voici qu'il ne pourrait pas communiquer efficacement avec eux !

— Merci de m'avoir prévenu, Emily, dit-il avant de raccrocher.

Il avait besoin d'air ! Négligeant d'enfiler un veston, il quitta l'appartement en terrasse et prit l'ascenseur pour descendre au rez-de-chaussée. En arrivant, un peu plus tôt dans l'après-midi, il avait vu, attenant à l'hôtel, un bar-restaurant en front de mer. Un cocktail corsé et le spectacle du coucher de soleil l'aideraient peut-être à soulager sa frustration. Il devait prendre un peu de recul et rassembler ses idées.

Il fallait que quelque chose tourne en sa faveur, ce soir !

Je pourrais accepter des heures supplémentaires, pensa Chiara, avant de secouer la tête. Ce n'étaient pas de malheureux petits extra qui lui permettraient de financer son billet d'avion pour les États-Unis ! Elle ne regrettait pas d'avoir donné son argent à Jess. Son amie en avait plus besoin qu'elle. Mais ce cadeau l'avait placée dans une situation précaire.

Il n'y avait qu'une autre solution : elle devait se débrouiller pour trouver les fonds nécessaires, ou bien dire à son père qu'elle ne pourrait pas venir. Il en aurait le cœur brisé ! Rien que d'y penser, Chiara sentit les larmes lui picoter les yeux, mais elle les refoula. Pas question de s'apitoyer sur son sort !

Après avoir suspendu son uniforme dans un vestiaire réservé au personnel, elle dénoua sa queue-de-cheval et laissa retomber librement ses cheveux. Comme c'était agréable de retrouver ses vêtements familiers ! Cela l'aidait à se sentir un peu mieux. Ce qu'il lui fallait maintenant, c'était un repas et une baignade rafraîchissante. Elle attrapa le sac fourre-tout où elle avait toujours un maillot de bain et gagna le bar-restaurant en front de mer de l'hôtel. Clive, le barman de service à cette heure, était un ami. Une des premières personnes qu'elle avait rencontrées en arrivant à Bali deux mois plus tôt. Mais quand elle arriva au bar, Clive était stressé et débordé. L'endroit était bondé. Toutes les tables étaient prises, il n'y avait pas un tabouret de libre.

— Il y a un congrès aujourd'hui, lui expliqua-t-il.

— Je peux t'aider ?

Pour ce qui était du moment de détente, elle repasserait ! Mais l'équipe était submergée et Chiara avait un trop-plein d'énergie nerveuse à évacuer.

— Tu es adorable, dit Clive en lui tendant un plateau. Tiens, apporte ça à la table quatorze. Et merci pour le coup de main !

Remisant son fourre-tout derrière le bar, Chiara saisit le plateau et pivota.

— Oh !

Une des bouteilles bascula et elle s'attendit à avoir les jambes éclaboussées de bière, mais il n'en fut rien, car l'homme qu'elle avait heurté la rattrapa au vol.

Sacrés réflexes ! pensa-t-elle. Elle allait lui en faire la remarque, mais les mots se figèrent sur ses lèvres lorsqu'elle leva les yeux sur lui.

L'espace d'un éclair, elle se dit qu'une telle beauté ne

pouvait exister que dans son imagination ! Une barbe de trois jours ombrait sa mâchoire volontaire. Il était doté d'une chevelure d'un noir de jais, d'une peau hâlée et d'un regard... envoûtant. Il semblait tout droit sorti d'une publicité pour un yacht ou une eau de toilette de luxe.

Sans trop savoir comment, Evan rattrapa la bouteille de bière glacée avant qu'elle se fracasse, et seules quelques gouttes s'échappèrent du goulot. Il ne savait pas très bien ce que la serveuse avait bredouillé, mais il aurait parié que c'était de l'italien – il connaissait un peu cette langue. Sa chance était peut-être en train de tourner !

Des yeux bleu saphir se levèrent sur lui avec gratitude.

— Euh, merci, dit-elle en rétablissant l'équilibre du plateau. Je suis vraiment navrée, je ne regardais pas où j'allais. Je suis... un peu distraite.

Evan mit quelques secondes à trouver sa voix.

— C'est ma faute, finit-il par dire. J'avais le nez sur mon mobile. Marcher tout en faisant défiler son écran... ce n'est pas très malin.

Il détestait cette habitude, chez les autres ! Mais il avait voulu voir s'il était toujours dans le top vingt des noms les plus tapés dans le moteur de recherche...

— Nous le faisons tous, répondit-elle avec un petit sourire.

Elle avait un accent américain. Il avait peut-être pris ses désirs pour des réalités quand il avait cru l'entendre parler italien, à l'instant. Quelques secondes s'écoulèrent dans un silence gêné. Evan ne trouvait rien à dire. Une situation inédite pour lui !

— Je... dois apporter cette commande, finit-elle par prononcer.

Il s'écarta.

— Bien sûr.

Au moment où il fut enfin assis après avoir déniché un tabouret vide au bar, elle avait déposé son plateau et était de retour pour en prendre un autre. Evan commanda le menu du soir et un cognac. Les commérages en ligne, les entretiens avec Roma AI… tout cela avait déserté son esprit, occupé par la jolie serveuse qui servait avec rapidité et efficacité les clients du bar, essuyant les tables entre deux commandes.

Il n'avait d'yeux que pour elle.

2

Au bout d'une heure, l'affluence au bar diminua enfin. Evan s'aperçut avec surprise qu'il n'avait presque pas touché au contenu de son assiette, qu'il avait pourtant trouvé délicieux. Et son verre était toujours plein. Il avait recouvré une concentration parfaite, sans doute lorsqu'il avait réussi à détacher les yeux de la ravissante serveuse. Devant lui, sur la table, sa serviette en papier était couverte de notes, d'idées pour aborder le rendez-vous du lendemain. À condition de pouvoir franchir la barrière de la langue !

Il parcourut la salle du regard et localisa la serveuse. Maintenant assise à une petite table, elle picorait dans une assiette. Avait-elle réellement prononcé un ou deux mots en italien, tout à l'heure ? Il n'y avait qu'un moyen de le savoir.

Evan n'était pas dupe de lui-même. Ce n'était là qu'un prétexte pour aborder la jeune femme. Après tout, il devait faire amende honorable. Il avait littéralement perdu sa langue quand il avait tenté de s'excuser, une heure plus tôt. Il se leva, son verre de cognac à la main, et se dirigea vers sa table.

Il avait la bouche sèche, tout à coup. Était-il nerveux ? Il n'avait jamais eu de problème pour aborder une femme, avant. Même s'il en avait rarement l'occasion, car c'étaient elles qui faisaient le premier pas, en général.

Alors qu'il approchait, elle leva les yeux et leurs regards se croisèrent. Il eut comme un coup au cœur, mais il était trop tard pour faire machine arrière. Elle l'avait vu, et esquissa un sourire.

— Rebonsoir...

— Salut, répondit-elle.

— Je tenais à m'excuser une nouvelle fois. Je suis navré d'avoir failli vous faire tomber.

— C'est très gentil de votre part, mais c'est plutôt moi qui ne regardais pas où j'allais. J'étais un peu préoccupée, comme vous.

Il vit qu'elle avait les traits tendus. Elle avait bel et bien un souci. Pourquoi diable tenait-il tellement à savoir lequel ? Il ne connaissait pas cette femme, et ses problèmes personnels ne le regardaient en rien.

— Ah ? dit-il pourtant. Vous avez envie d'en parler ?

Décidément, il brillait par son originalité, ce soir !

— Je risquerais de vous ennuyer, dit-elle, secouant la tête.

— Pas du tout, cela me distrairait de mon infortune.

Infortune ? Avait-il vraiment lâché ce mot-là ? Pourquoi avait-il un comportement si étrange, avec cette femme ?

Elle haussa les épaules.

— Bon. Pourquoi pas ?

Il porta la main à son cœur.

— Votre enthousiasme me touche beaucoup.

Elle sourit.

— Pardon. En fait, tout le plaisir est pour moi et j'apprécierais un peu de compagnie.

— Voilà qui est mieux, merci.

— Il n'y a pas de quoi.

— Vous n'avez pas de badge d'identification, constata-t-il.

— Parce que techniquement, je ne suis pas là.

— J'ai une sacrée imagination, alors !

Elle eut de nouveau un rire.

— J'étais descendue grignoter quelque chose après mon service dans les chambres. Mais j'ai vu qu'ils avaient besoin d'un coup de main, alors... Je m'appelle Chiara.

— Et moi Evan. Vous travaillez à l'hôtel ?

Elle hocha la tête.

— Et vous vivez ici, à Bali ?

— Je suis de passage, mais pour un assez long séjour.

— Pour les affaires ou le plaisir ?

— Les deux. Je suis surtout venue visiter, mais j'ai un job pour financer ma passion des voyages.

— Cela peut coûter cher, en effet.

— Vous en savez quelque chose, si je devine bien.

— Je bouge pas mal, en effet. Bali est mon lieu de séjour pour le moment. Je suis ici pour le congrès technologique, et surtout pour un rendez-vous que j'ai mis des semaines à préparer. Sauf que... ça pourrait mal tourner, maintenant.

— Pourquoi ?

— Il me faut un ou une interprète. Celle que j'avais engagée a annulé au dernier moment, alors je ne sais pas comment communiquer avec ceux que je dois rencontrer.

— J'en suis désolée pour vous.

Evan se pencha en avant.

— J'ai un aveu à vous faire.

— Un aveu ? répéta-t-elle, écarquillant les yeux.

— Oui. Tout à l'heure, quand nous nous sommes heurtés, il m'a semblé vous entendre parler en italien.

Elle rougit légèrement.

— Oh ! ça m'arrive parfois. J'espère que personne n'a compris. Ce qui m'a échappé n'était pas très élégant.

Il avait donc bien entendu ! Evan faillit lever le poing en signe de victoire. Cette journée noire allait peut-être s'achever sur un coup de chance !

— Vous n'allez pas me croire, Chiara, mais vous pourriez être la solution à mon problème… Sur un plan strictement professionnel, ajouta-t-il, conscient que la réplique pouvait passer pour une avance, plutôt ringarde, d'ailleurs.

— Ah ? Comment ça ?

— J'ai besoin d'une interprète en italien. Seriez-vous disponible demain soir, par hasard ? Bien entendu, vous serez…

Elle leva les mains, l'empêchant de continuer.

— Ne nous emballons pas. Je ne prétends pas parler couramment cette langue.

— Pouvez-vous soutenir une conversation ?

— Je suppose, oui. Ma mère ne nous parlait pas beaucoup en italien quand nous étions enfants, mon frère et moi, car nous étions beaucoup plus à l'aise en anglais. Et je ne possède pas le vocabulaire technique qu'il vous faut…

Il la coupa.

— Ça, je m'en charge. Le lexique du codage et de l'intelligence artificielle est international. J'ai besoin de vous pour échanger, rien de plus.

— Je ne sais pas si… Où ce rendez-vous aura-t-il lieu ?

— Ici, à l'hôtel. Au cours d'un dîner.

— Un peu d'argent serait le bienvenu, c'est sûr, murmura-t-elle comme si elle réfléchissait à voix haute. Je suis censée rentrer aux États-Unis pour passer Noël dans le Vermont avec mon père et mon frère. Mais je suis à court d'argent, en ce moment.

— Si votre père tient à ce que vous soyez là, ne peut-il pas vous envoyer de quoi payer le voyage ?

Chiara baissa la tête, l'air penaud.

— Il l'a déjà fait. Mais j'ai donné l'argent à quelqu'un. Je ne peux pas me résoudre à le solliciter encore.

— Vous avez *donné* l'argent ?

Elle acquiesça.

— À une pensionnaire de l'auberge de jeunesse où je loge. Une routarde, elle aussi. Elle était venue à Bali après la demande en mariage de son petit ami. Elle avait besoin de recul pour prendre sa décision.

— Je vois…

— Quand elle a appris qu'il avait été victime d'un terrible accident de moto, elle a eu si peur qu'elle a enfin mesuré la force de son amour pour lui. Elle était dans tous ses états, et elle devait rentrer d'urgence aux États-Unis, alors…

La charmante personne assise devant lui avait donné l'argent de son futur voyage à une personne en détresse qu'elle venait de rencontrer !

— Vous lui avez payé son billet de retour, c'est ça ? Pour qu'elle rejoigne son copain ?

Lentement, Chiara hocha la tête.

— Comment aurais-je pu ne pas le faire ?

Beaucoup de gens se seraient gardés d'agir ainsi, pensa-t-il. La plupart des gens, en fait.

— Vous savez quoi ? dit soudain Chiara dans un soupir. J'accepte votre proposition. Après tout, qu'est-ce qui m'en empêche ?

Evan laissa échapper un soupir de soulagement. De plus, il ne pouvait pas nier – aide linguistique mise à part – qu'il était séduit par l'idée de revoir cette jeune femme. Il se pencha vers elle, par-dessus la table.

— Alors, dites-moi votre prix, Chiara.

Chiara s'examina dans le miroir. Elle n'avait pas trop mauvaise mine pour quelqu'un qui avait effectué dix-huit heures de travail d'affilée. Par chance, la robe rouge empruntée à l'une des chanteuses du bar lui allait bien et flattait sa silhouette. Son apparence convenait donc à l'occasion, supposait-elle. Mais allait-elle réellement jouer les interprètes pour un homme d'affaires international rencontré la veille ? Et si elle n'était pas à la hauteur ?

Un sifflement admiratif pas très réussi retentit derrière elle, et Nuri, entrée en coup de vent dans la pièce, la saisit par les épaules.

— Tu es superbe ! Ces hommes d'affaires vont te dévorer des yeux !

Chiara sourit à son amie à travers le miroir.

— J'espère seulement qu'ils me comprendront. Il y a dix ans que je n'ai pas soutenu une conversation en italien. Et elle était très simple. Je bavardais avec maman.

— Tu t'en tireras très bien, assura Nuri.

Elle ajouta après une légère pause :

— Elle te manque, n'est-ce pas ?

— Ma mère ?

— Oui. Ta voix se casse un peu chaque fois que tu en parles.

Personne n'avait jamais fait cette remarque à Chiara ! Mais celle-ci n'était pas surprise que son amie soit si perspicace. Elles s'étaient rencontrées lorsque Chiara venait d'arriver à Bali, et Nuri la connaissait maintenant mieux que la plupart de ses amies aux États-Unis. Chiara se sentait plus proche d'elle que de quiconque, Marco excepté. Mais son intimité avec son frère était très différente. Nuri était un peu une sœur adoptive, pour elle. La sœur qu'elle n'avait jamais eue.

— Je parle tout le temps à maman, dans ma tête, avoua-t-elle. Et tu sais, je l'entends qui me répond. J'entends sa voix douce qui me rassure et m'encourage.

Nuri serra les épaules de Chiara, affectueusement. Essuyant une larme, Chiara émit un petit rire.

— Mais je me demande ce qu'elle penserait de ce que je m'apprête à faire. Elle m'inciterait à foncer, j'imagine. Elle le faisait souvent quand elle était encore là.

Nuri pouffa.

— Elle dirait aussi que tu es courageuse, intelligente et futée. Parce que c'est vrai.

— Merci, Nuri. Ça me fait du bien d'entendre ça.

Nuri consulta sa montre.

— Attention, tu vas te mettre en retard.

— Oh ! non !

— Du calme. Si tu te dépêches, et si l'ascenseur arrive tout de suite, tu seras sur place en un éclair.

Cinq minutes plus tard, Chiara poussait un soupir de soulagement. Son amie avait vu juste. Pile à l'heure, elle pianotait le code qu'Evan lui avait communiqué pour entrer dans sa suite en terrasse. Cependant, la satisfaction d'être ponctuelle ne diminua en rien sa nervosité.

Et si elle se ridiculisait ? Se trompait de mot ? Pire, si elle commettait un terrible impair et, par mégarde, froissait un des hommes d'affaires présents ? Elle envisageait de tourner les talons et d'envoyer ses excuses à Evan lorsqu'il apparut à l'angle du couloir. Occupé à ajuster ses boutons de manchette, il s'immobilisa tout net en la voyant.

Chiara tenta de dompter les battements désordonnés de son cœur. Pourquoi paraissait-il si surpris ? Elle était présente à l'heure dite, non ? Et pourquoi la mettait-il si mal à l'aise ? Il s'était pourtant montré amical et agréable dès leur première rencontre. Un parfait gentleman.

Une petite voix intérieure lui souffla : *C'est parce que tu vois en lui un homme séduisant et viril, et non un type courtois.*

— Pardon, j'aurais dû m'annoncer, dit-elle en s'éclaircissant la gorge. Je viens d'entrer.

— Ne vous excusez surtout pas. C'est juste que… vous êtes… sensationnelle.

Ah, mince ! Elle s'était mise en frais de toilette pour un simple dîner d'affaires. Cela dit, Evan n'était pas non plus en tenue décontractée. Dans son costume marine sur mesure, complété d'une chemise blanche et d'une cravate bordeaux, il avait tout de l'homme d'affaires riche et sophistiqué qui a brillamment réussi. Et il avait une bouche… qui appelait le baiser. Les femmes devaient se bousculer à sa porte !

Tout de même, il la regardait d'un air plutôt sidéré. Apparemment, elle avait déjà commis une bévue.

— Je peux aller me changer, balbutia-t-elle.

— Surtout pas ! dit-il aussitôt, presque avec brusquerie.

— Alors… c'est bien comme ça ?

— Mieux que bien. Ils seront impressionnés d'entrée de jeu.

— Oh ! tant mieux, dit-elle avec soulagement, merci. En fait, vu votre réaction, je n'étais pas sûre d'être habillée comme il faut.

Il lui sourit.

— Toutes mes excuses. Je ne voulais pas vous inquiéter. Fiez-vous à moi, ce que vous portez est parfait.

Evan lui offrit son bras.

— On y va ?

Alors qu'elle posait la main au creux de son coude, il parut l'envelopper à nouveau d'un regard appréciateur, une étrange lueur dans les yeux. Si elle avait été moins avisée, elle aurait pu croire qu'il lui manifestait un réel intérêt typiquement masculin.

Allons donc ! Elle devait repousser cette idée. Les hommes comme Evan Kim s'entichaient rarement d'une femme de chambre. Elle ferait bien de ne pas l'oublier, ce soir.

Quelques minutes plus tard, ils pénétraient dans la salle de restaurant principale de l'hôtel. Chiara avait le sentiment étrange d'être dans un autre monde, où rien n'était réel. Un peu comme si elle jouait un rôle sur un plateau de cinéma ou une scène de théâtre. Jamais elle n'était entrée dans cette salle sans y pousser un chariot de nettoyage. Et voici qu'elle allait y dîner avec des cadres dirigeants de la tech ! Et l'un de ces personnages était aussi le plus bel homme qu'elle ait jamais vu.

Tu t'égares, Chiara !

Cette voix intérieure était-elle celle de sa mère ou la sienne ? En tout cas, le conseil était bon.

— Est-ce que ça va ? demanda Evan qui avait dû sentir son inconfort.

— Oui. Enfin, je crois. Je ne me sens pas vraiment à ma place ici, bien que je sois entrée cent fois dans cette salle.

— Croyez-le ou non, il en va de même pour moi.

— Eh bien, je n'en crois rien !

Elle eut droit à un petit rire en guise de réponse.

— En tout cas, pour une personne qui se juge déplacée, vous attirez beaucoup de regards !

Cela non plus, elle n'y croyait pas. C'était sans doute Evan qui attirait tant d'attention, surtout de la part des femmes. Plus d'une tournait la tête dans leur direction. Et ce n'était pas pour regarder Chiara !

Evan jeta un coup d'œil sur la salle.

— Je ne les vois pas. Ils doivent être en retard. Si on prenait un verre en attendant ? suggéra-t-il en la guidant vers le bar.

— Je ferais mieux de m'abstenir, si je veux garder les idées claires.

— Vous en êtes sûre ? Cela pourrait vous aider à vous

détendre. Même si vous n'avez aucune raison d'être nerveuse. C'est moi qui devrais éprouver de l'appréhension.

Chiara examina son profil parfait alors qu'il s'accoudait au bar. Evan Kim avait une expression résolue. Il était clair qu'il n'était pas habitué à l'échec.

— Cette négociation compte beaucoup pour vous, dit-elle.

Il fait signe au barman.

— Effectivement.

— Pourquoi ? Si je puis me permettre cette question…

— L'intelligence artificielle a le vent en poupe, l'industrie évolue dans ce sens. Je veux être à l'avant-garde.

C'était sûrement sa motivation apparente. Mais elle sentait qu'il avait des raisons personnelles plus profondes et elle était soudain très curieuse de les connaître. Elle aurait peut-être l'occasion de lui poser la question, ce soir.

Cependant, pourquoi lui aurait-il livré ce qui le concernait intimement ? Elle était ici pour l'aider à conduire un entretien d'affaires. Leur relation était strictement professionnelle. Demain à la même heure, ils auraient repris chacun son chemin, Evan avec son contrat dans la poche et elle une somme d'argent plus que bienvenue. Elle ne le reverrait peut-être même jamais.

Et il était absurde qu'elle se sente si triste à cette idée.

— Je prendrais bien un verre de vin, après tout, dit-elle lorsque le barman les aborda.

Evan commanda un whisky pur et, pour elle, un chardonnay. Quand ils furent servis, son regard se posa sur le duo masculin qui venait de franchir le seuil.

— Les voici !

Chiara vit deux hommes d'âge mûr, en costume impeccable, qui survolaient la salle du regard.

— C'est l'heure d'entrer en scène, lui souffla Evan à l'oreille.

La prenant par la main, il l'emmena vers les nouveaux

venus. Le contact de ses doigts chauds sur les siens fit courir un frisson le long de son dos. Mince ! Elle avait intérêt à se ressaisir. Elle n'avait pas eu de contact physique avec un homme depuis près de deux ans. Ce devait être pour cette raison qu'elle réagissait ainsi envers un quasi-inconnu. Elle n'eut pas le temps d'approfondir cette idée, car ils avaient rejoint leurs cibles.

— *Buonasera*, dit-elle, avant d'expliquer, dans un italien un peu hésitant, qui elle était et la raison de sa présence.

Au moment où ils s'attablèrent, cependant, elle s'était un peu détendue. Les deux hommes d'affaires étaient amicaux et très amusants. Et elle semblait bien se débrouiller pour soutenir la conversation en italien. Quand le propos se faisait plus technique, Evan prenait le relais avec les termes nécessaires.

Cependant, à un moment, l'un des deux hommes lui posa une question qu'elle ne comprit pas. Elle le dévisagea d'un air perplexe, prise d'un début de panique. Soudain, elle sentit la main d'Evan sur son genou, qu'il pressa légèrement pour l'encourager. Et cela fonctionna ! S'appuyant sur le sens des mots qu'elle avait reconnus, elle en déduisit le reste de la phrase. L'homme s'était enquis des fournisseurs d'Evan, auquel elle transmit la requête.

Le problème surmonté, la conversation reprit avec fluidité. Finalement, l'entrevue était un succès. Evan semblait partager son avis, ce qui la remplit de fierté. Elle avait réussi !

Merci pour les cours d'italien, mamma. Si seulement elle avait pu dire à sa mère ce qu'elle avait accompli !

3

Pour un peu, Evan aurait saisi Chiara par la taille pour la faire pirouetter avec lui. Il avait du mal à cacher sa jubilation.

— Bon, ça s'est passé comment, à votre avis ? demanda-t-elle.

— Je pense que vous avez mérité votre salaire. Et même un bonus.

Chiara eut un grand sourire, tout en élevant les mains en signe de protestation.

— Je ne peux pas accepter. Vous me donnez déjà beaucoup trop d'argent !

Elle avait raison, bien sûr. Il avait doublé la somme qu'il aurait donnée à l'interprète prévue. Mais il était inutile que Chiara le sache.

— Pas du tout ! Je virerai ça sur votre compte dès que nous serons de retour dans la suite.

Elle s'éclaircit la gorge.

— *Nous* ?

— J'ai mis à rafraîchir une grande bouteille de champagne Cristal. Et je vous invite à fêter ça avec moi !

— Vous vous attendiez à ce que ça se déroule bien, alors ? Un véritable optimiste.

— Disons que je crois beaucoup à ma toute nouvelle assistante italo-américaine, dit-il avec un rire.

Elle parut préoccupée.

— Je ne voudrais pas jouer les rabat-joie, mais...

— Vous vous dites que rien n'est encore signé, c'est ça ?

— Exactement. Je n'ai rien entendu, ni en italien ni en anglais, qui ressemble à une confirmation, Evan. Personne n'a parlé de signer un contrat. On vous a seulement promis de reprendre contact.

Evan ne pouvait pas prétendre le contraire. N'empêche, la soirée s'était déroulée à merveille. Et il était disposé à savourer cette modeste victoire.

— Il y a tout de même des raisons de fêter ça, non ? Vous les avez impressionnés, c'est clair, et ils n'ont pas dit non.

Il la prit gentiment par le coude et commença à l'entraîner hors de la salle.

— Aidez-moi à savourer ce champagne. Nous nous soucierons de la suite quand ils nous relanceront.

Evan se dit qu'il avait bien programmé les choses quand ils furent de retour dans la suite en terrasse. Le champagne était parfaitement frappé. Il fit sauter le bouchon et remplit une flûte qu'il tendit à Chiara avant de se servir à son tour.

— À vous et vos talents d'interprète, mademoiselle Pearson !

Chiara exécuta une demi-révérence avant de goûter au vin.

—Il est délicieux ! Moi qui me croyais incapable d'avaler encore quelque chose après ce dîner.

— On est toujours disposé à boire un bon champagne. Mais on devrait prendre le temps de le savourer, ajouta Evan avec un léger rire, comme elle avalait une grande gorgée.

— Je n'étais jamais montée ici, pas même pour faire le ménage, dit Chiara en examinant les lieux. Ils confient la suite en terrasse aux employés les plus expérimentés.

Je suis nouvelle, ici. Même si j'ai grandi dans le milieu de l'hôtellerie.

— Vraiment ?

— Ma famille possède le Grand York Hotel à Manhattan.

Evan en avait entendu parler, certes. Le Grand York était connu pour son luxe classique.

Chiara s'approcha de la vaste baie qui donnait sur la plage et la mer, et commenta :

— Quelle vue magnifique ! C'est à couper le souffle !

Evan n'avait pas vraiment pris garde au panorama. Mais, amené à voir les lieux à travers le regard de Chiara, il devait bien admettre que le décor était spectaculaire. Des bungalows sur pilotis étaient disséminés sur les eaux d'un bleu transparent, le clair de lune baignait le sable et l'océan de sa lueur scintillante.

— C'est une bonne chose qu'on ne m'envoie pas travailler ici ! Je risquerais de passer des heures à contempler le paysage.

Il n'eut pas le temps de réagir, car son mobile vibrait dans sa poche.

— Veuillez m'excuser, dit-il en s'éloignant.

Quand il revint un moment plus tard, Chiara, affalée sur le canapé, avait les yeux presque clos. Il s'éclaircit discrètement la gorge. Elle tressaillit et se redressa.

— Je suis vraiment confuse. Je suis si fatiguée…

— Restez ici, alors, dit-il, se surprenant lui-même.

Elle le fixa d'un air interdit.

— Vous avez bien gagné un peu de repos, s'empressa-t-il d'ajouter. Si mon estimation est juste, vous avez travaillé près de dix-huit heures d'affilée.

Chiara se leva lentement.

— Je ne peux pas, il est déjà très tard, dit-elle, fixant ses pieds.

Ah, bravo ! Il l'avait perturbée avec son invitation

maladroite. Posant sa flûte de champagne, il s'approcha d'elle.

— Il est tard, en effet. Chiara, ce n'est pas la place qui manque, ici. Et le canapé paraît confortable. Inutile de vous aventurer dehors à une heure pareille. Passez donc la nuit ici.

Evan lui adressa un sourire rassurant.

— Vous pouvez occuper la chambre. Elle se verrouille de l'intérieur. Vous n'aurez même pas à me voir avant demain matin.

— Je ne peux pas accepter que vous dormiez sur un canapé !

— C'est le moins que je puisse faire, après ce que vous avez accompli ce soir. Et pour ce qui est de dormir, j'ai connu pire.

Elle semblait dubitative, mais ne disait pas non. Elle regarda en direction de la chambre de maître.

— Le lit est vaste et moelleux, dit-il pour l'amadouer.

— Ce n'est pas tellement une affaire de lit.

— Alors quoi ?

— En fait... il y a une éternité que je n'ai pas eu droit à une cabine de douche personnelle. L'auberge de jeunesse où je loge n'en a que trois, qui sont communes. Il faut toujours faire la queue. Et l'eau est tout le temps froide.

— Je vois, dit-il avec un clin d'œil. Ici, le pommeau de douche dispose de cinq réglages différents. Et puis, il y a un jacuzzi, dans cette salle de bains.

— Je reconnais que c'est tentant.

Tentant... Le mot était adéquat. Car en parlant du jacuzzi, il avait imaginé Chiara immergée dans l'eau, environnée de bulles, et nue. Dans la pièce voisine...

Il la prit doucement par les épaules.

— Restez, je vous en prie. Et prenez une douche. Ou un bain. Les deux, si vous voulez.

Elle rit.

— Vous me rendriez service, insista-t-il.

— Comment ça ?

— C'est simple. Si vous vous obstinez à partir, je devrai vous raccompagner à pied. Puis revenir ici ensuite.

— Je ne vous demanderais pas de me raccompagner !

— Je serais très discourtois si je ne proposais pas de le faire, n'est-ce pas ?

Une fois encore, elle jeta un coup d'œil vers la chambre. Pour finir, elle acquiesça.

— Très bien. Je vais rester, alors. Merci.

Le plaisir immédiat qu'il éprouva lui parut surprenant, absurde. Il devait le mettre sur le compte de sa satisfaction d'avoir déniché au moment où il en avait tant besoin une personne qui parlait italien et manquait d'argent pour les fêtes de fin d'année. Il avait presque oublié l'importance que les autres accordaient à la période de Noël. Aux traditions, au rituel. Rien de tout cela ne comptait pour lui. Noël était un jour comme un autre, qu'il avait la plupart du temps passé seul dans sa chambre, enfant, devant le dernier ordinateur offert par ses parents. Son père et sa mère n'étaient jamais là pour les fêtes, préférant partir pour des lieux de villégiature exotiques plutôt que de rester à la maison avec leur fils unique.

Secouant la tête pour chasser ces mauvais souvenirs, il proposa :

— Je peux vous donner un grand T-shirt pour dormir, et j'ai aussi un jogging de sport avec une taille élastique.

Il agissait en homme d'affaires avisé, voulut-il croire. Cela pouvait même être considéré comme un bonus pour l'excellent travail qu'elle avait fait ce soir. Et si les Italiens avaient d'autres questions à poser et qu'il avait encore besoin d'elle pour traduire ? Il faudrait qu'elle soit reposée et à sa disposition, dans un tel cas.

Il soupira, une petite voix lui soufflant qu'il se trouvait des excuses. En fait, Evan ne savait pas très bien pourquoi il tenait tellement à ce que Chiara reste. Il savait seulement qu'il n'était pas tout à fait prêt à lui dire adieu.

Chiara dormit comme un bébé. Il y avait une éternité qu'elle n'avait passé une aussi bonne nuit depuis son départ de la maison. Et c'était à Evan qu'elle le devait !

En fait, après avoir longuement séjourné dans le jacuzzi, elle avait pris une douche chaude prolongée et elle ne le regrettait pas. Quand aurait-elle l'occasion de profiter d'un tel luxe, par la suite ? Une vague de tristesse la submergea. Elle n'aurait plus l'occasion, après aujourd'hui, de revenir dans cette suite, fût-ce en tant qu'employée. Et elle ne reverrait plus Evan. C'était la véritable raison de ce coup de cafard. Elle se remémora l'entretien de la veille. Evan était dans son élément. Sans parler la langue de ses investisseurs potentiels, il avait pourtant maîtrisé la situation, dirigeant la conversation, veillant à ce que ce qu'il désirait mettre en avant soit communiqué avec clarté. Il n'était pas difficile de comprendre pourquoi il avait si bien réussi malgré son jeune âge. Elle était sûre qu'il irait même encore plus loin !

Séduisant, couronné de succès, charismatique, divinement beau… il avait tout de l'homme idéal.

Une demi-heure plus tard, elle dut se résoudre à dénouer le grand drap de bain moelleux qui l'enveloppait pour remettre sa robe de la veille et partir. Il était temps de remercier son hôte, puis de lui faire ses adieux.

Elle sentit sa gorge se nouer. Elle devait retourner à sa

vie banale, et réunir le reste de l'argent nécessaire pour retourner aux États-Unis. La somme qu'Evan lui avait versée la veille l'y aiderait, bien sûr. Mais elle était encore loin du compte. Le bon côté des choses était qu'elle s'était découvert, la veille, un atout pour gagner de l'argent. Elle pouvait peut-être passer à une activité d'interprète plus ou moins régulière ?

C'était aussi à Evan qu'elle devait cette idée. Et elle allait l'en remercier sans tarder.

Hélas, quand elle sortit de la chambre de maître pour s'aventurer dans la pièce à vivre, il n'était pas là. Peut-être avait-il eu un rendez-vous matinal ? Même s'il n'en avait pas parlé la veille. En tout cas, ce serait moche de s'en aller sans lui dire au revoir.

Reconnais que tu as envie de le revoir, c'est tout.

Autant s'avouer la vérité : elle s'était prise d'une sympathie excessive pour Evan. Pendant le court laps de temps où elle l'avait approché, elle avait, d'une façon inexplicable, développé des sentiments pour lui. Des sentiments inopportuns qu'il fallait étouffer dans l'œuf ! Il l'avait engagée dans un but précis, et elle avait achevé sa mission. Maintenant, c'était terminé.

Cette vérité la frappa tel un coup de massue, à l'instant même où la porte d'entrée s'ouvrait sur Evan. Il était allé faire du jogging. En maillot moulant sans manches et short de course, il avait la peau luisante de sueur, le souffle court. Elle eut un coup au cœur. Si elle l'avait trouvé beau en costume, elle manquait de mots pour traduire son sex-appeal en ce moment ! Elle avait tant de plaisir à le voir que cela lui coupa le souffle.

Soudain, elle capta son expression. Quelque chose n'allait pas. Mais alors, pas du tout ! Evan Kim semblait *furieux*.

Courir n'avait pas tempéré son humeur, pensa Evan. Aurait-il encore couru pendant des kilomètres que ça n'aurait rien changé. L'entretien de la veille semblait s'être si bien déroulé ! Mais pas assez bien tout de même, à en juger par le courriel qu'il avait trouvé à son lever.

Comme il s'engageait distraitement dans la suite tout en tirant sur son T-shirt mouillé de sueur, il s'aperçut soudain que Chiara était là qui le regardait d'un air sidéré. Il devait avoir une drôle d'allure, avec le sable qui lui collait aux jambes et les cheveux en bataille.

Par contraste, elle paraissait apprêtée, d'autant qu'elle portait la robe de la veille.

— Euh... bonjour, dit-elle gentiment. Quelque chose ne va pas ?

— Comment avez-vous deviné ?

Evan se passa une main sur le front. Il devait révéler la vérité à Chiara. Il devait lui dire qu'en dépit de son charme et de ses compétences en italien, et en dépit de tous leurs efforts de la veille, ils avaient échoué.

Elle ne lui en laissa pas le loisir.

— Oh ! non ! dit-elle en se couvrant la bouche.

Elle avait tout compris sans qu'il ait à s'expliquer.

— Vous avez deviné, si je comprends bien, dit-il, roulant son T-shirt en boule et l'expédiant sur le canapé dans sa frustration.

— Les Italiens ont dit non ?

Ce n'était pas tout à fait ça, mais elle brûlait.

— Il leur faut plus de temps pour décider. Ils veulent réfléchir.

Une rougeur se répandit sur ses joues et elle serra les mâchoires. Pour un peu, il aurait cru qu'elle était aussi contrariée que lui.

— Dites-moi précisément ce qu'ils ont répondu.

Il sortit son mobile de sa poche arrière et afficha le courriel.

— Voyez par vous-même.

Tandis qu'elle lisait l'écran, il se remémora le message, ce qui raviva sa frustration et sa déception.

Très impressionnés par tout ce que vous avez accompli. Reste à trancher en ce qui concerne votre professionnalisme. Recherchons la maturité et la stabilité chez nos partenaires en affaires.

La suite était du même acabit. Chiara plissa les paupières, Lut et relut le courriel et finit par lui rendre son mobile.

— Je ne comprends pas, dit-elle. Pourquoi disent-ils ça sur vous ?

Evan eut un soupir résigné. Il allait devoir expliquer à cette charmante jeune femme que sa réputation le précédait partout. Peut-être le lui montrer, plutôt. Se connectant au site le plus trash, il cliqua sur le lien approprié puis tendit à nouveau le mobile à Chiara.

— Voilà. C'est à ça qu'ils font allusion.

Elle regarda l'écran. Plusieurs minutes s'écoulèrent, dans un silence gêné. Puis elle lui restitua l'appareil.

— Vous vous amusez bien, on dirait.

—C'est très exagéré, croyez-moi. Ils prennent une photo au bon moment puis brodent sur les circonstances et inventent le reste. Et leurs lecteurs gobent le tout !

— Vous êtes célèbre, alors ?

Malgré sa colère, il eut un petit rire en percevant son intonation horrifiée, peut-être même un brin méprisante.

— Pas vraiment. Ces articles ne se diffusent que dans des milieux précis. Les investisseurs que nous avons rencontrés hier en font hélas partie.

— Oh... Et qu'est-ce qui va se passer, maintenant ?

— Je dois rebondir et trouver le moyen de les faire changer d'avis.

Elle serra les lèvres, l'air concentrée.

— Vous devrez d'abord les convaincre que vous n'êtes pas un fêtard invétéré.

— Et j'ignore comment y parvenir, soupira-t-il. Ma réussite professionnelle devrait parler d'elle-même. Dans un monde mieux fait, ce serait le cas.

— Mais ils ne voient en vous que le célibataire jet-setter qui s'en donne à cœur joie..., devina Chiara.

— Je ne vois pas comment je pourrais avoir femme et enfants du soir au lendemain, dit Evan, frustré. Je n'ai même pas de liaison stable, en ce moment.

Chiara fixa le plancher. Elle se demandait sans doute pourquoi il la retenait ici. Elle devait avoir à faire, à commencer par se changer, car elle portait encore sa robe de la veille. Il n'avait pas le droit de faire peser sur elle sa situation. Ce n'était pas comme si elle pouvait y remédier, de toute façon. S'il détestait l'idée de la voir partir, il n'y avait aucune raison qu'elle reste. Et il devait déterminer une stratégie pour la suite, maintenant.

— Désolé. Vous avez sûrement à faire, dit-il. Et j'ai grand besoin d'une douche.

Il fit quelques pas en direction de la chambre.

— Ne vous gênez pas pour commander un petit déjeuner. Il y a une machine à café dans le coin cuisine.

Il espéra qu'elle le prendrait au mot et serait peut-être encore là quand il sortirait de la douche. Pour quelque étrange raison, il n'était pas prêt à la voir partir. Une raison professionnelle, voulut-il croire. Si Chiara pouvait l'aider, d'une façon ou d'une autre, à convaincre les Italiens, il était possible qu'il fasse encore appel à elle.

Mais il ne pouvait pas lui demander de rester. Il s'était suffisamment imposé comme ça. Et il avait du travail. Il devait défaire la réputation de don Juan mondain que lui faisaient les médias. Même s'il n'entrevoyait pas du tout le moyen d'y parvenir.

Comme il l'avait dit à Chiara, il n'y avait personne dans sa vie. Aucun nom ne lui venait à l'esprit s'il devait envisager de sortir avec quelqu'un. Il y avait un bon moment qu'il ne s'était pas intéressé à une femme, sentimentalement parlant. En fait, Chiara était la seule avec qui il ait passé quelques heures en tête à tête depuis des mois.

La pensée surgit dans son esprit alors qu'il ouvrait le robinet et attendait que l'eau atteigne la bonne température. *Chiara.* Il n'était peut-être pas impossible qu'elle puisse l'aider à s'en sortir. Il venait d'avoir une idée. Loufoque, certes. Mais ça pouvait marcher. Résoudre ses problèmes actuels, dans l'ordre : sa réputation auprès des partenaires d'affaires potentiels ; sa présence au mariage ; l'attention inopportune des tabloïds.

Oui, Chiara pouvait être la solution à tous ses soucis.

4

Il était impossible qu'elle ait bien entendu ! Chiara se dirigeait vers la machine à café quand Evan était ressorti en trombe de la chambre. Toujours torse nu. Ce qui expliquait sans doute qu'elle ait été distraite quand il avait prononcé les paroles qu'elle croyait avoir entendues.

— Excusez-moi, dit-elle, je... jurerais presque que vous m'avez proposé de... me faire passer pour votre fiancée !

— Oui. C'est tout à fait ça.

Elle reposa sa tasse vide de peur de la laisser tomber. Elle avait décidément du mal à se concentrer, et la vue de son torse musclé, bien sculpté, à la peau hâlée que faisait luire un léger film de sueur ne l'aidait pas à rassembler ses esprits !

— Evan ! Vous êtes sûr que tout va bien ?

— Non. J'ai eu une illumination.

Elle n'était même pas sûre qu'il plaisantait !

— Tenez, dit-il en prenant la tasse et en gagnant la machine. Je vais vous faire un café, puis nous discuterons. Avez-vous un peu de temps ?

— Je suppose, oui. Je ne suis pas de service avant midi.

— Formidable. Vous prenez votre café comment ?

— Avec beaucoup de crème et de sucre.

— Je m'en occupe !

— Merci. Mais puis-je vous demander quelque chose, Evan ?

— Quoi donc ?

— Ça ne vous ennuierait pas de vous habiller ?

Chiara ne se souciait guère de l'effet que produirait sa requête. Elle n'allait pas le voir torse nu pendant tout le temps qu'il lui exposerait son idée de génie, quelle qu'elle soit.

Il lui adressa un sourire penaud.

— Bien sûr. Asseyez-vous. Je reviens tout de suite.

Cinq minutes plus tard, il était de retour après une douche éclair, vêtu d'une chemise et d'un short kaki. Peut-être allait-il aussi renoncer à cette absurdité. De fausses fiançailles ! Elle avait du mal à croire qu'il avait dit cela. C'était tellement absurde !

Il s'attabla en face d'elle, les avant-bras sur les genoux.

— Écoutez-moi avant de réagir, d'accord ?

Elle acquiesça, mais elle avait la bouche sèche. Evan paraissait résolu à la convaincre et elle devinait qu'on ne lui opposait pas souvent de refus. Eh bien, il faudrait qu'il en accepte un de sa part. Tout ceci était le comble du ridicule !

— Vous disiez avoir besoin d'argent pour rentrer chez vous à Noël, n'est-ce pas ?

Elle ne pouvait certes pas prétendre le contraire.

— Euh, oui.

— Pour ma part, je dois convaincre un certain nombre de gens que je suis en voie de me ranger et de renoncer à ma vie insouciante et débridée de célibataire.

Qui avait-il besoin de convaincre en dehors des Italiens ? se demanda-t-elle. Elle avait promis de tenir sa langue, alors elle retint tant bien que mal la question.

— Je pense que nous pouvons nous aider mutuellement.

— Comment ça ?

Il se pencha, elle sentit son souffle sur sa peau, les effluves citronnés de son après-rasage. Ses cheveux d'un noir de jais luisaient, encore humides. Que ressentirait-elle si elle y passait les doigts ? Puis laissait redescendre sa main pour lui effleurer la joue, redessiner la courbe de sa mâchoire si bien sculptée...

Concentre-toi ! C'est important.

— En faisant croire que nous sommes fiancés. Si fou que ça paraisse, je pense que ça pourrait marcher.

— Vous avez raison.

Il cilla.

— Vous le pensez réellement ?

— Que ça paraît fou, oui.

— Écoutez, il nous suffira de faire semblant. De prétexter un coup de foudre. Follement amoureux, nous avons décidé de nous marier, sûrs que nous sommes destinés l'un à l'autre.

On se serait cru dans un roman sentimental !

— Alchimie immédiate... Dès le premier regard, enchérit-il.

Se rendait-il compte de ce qu'il disait ? Quand elle l'avait jugé énergique et déterminé, elle n'avait pas vraiment mesuré sa ténacité, qui était inouïe !

— Un coup de foudre ? répéta-t-elle, dans l'espoir qu'il percevrait tout le ridicule de cette expression.

Il approuva d'un geste.

— Un signe du destin.

— Et en quoi cela pourrait-il marcher ? demanda-t-elle en dépit de ses doutes, par curiosité.

Il lui prit les mains – sans s'en rendre compte, elle l'aurait juré, alors qu'elle devait lutter, de son côté, pour lui cacher son ressenti à ce contact. Et pour ignorer les battements accélérés de son cœur. À en juger par sa réaction, on aurait cru que les mots d'Evan sur l'amour au premier regard étaient vrais...

Enfin, c'était peut-être surtout de désir qu'il s'agissait. Evan était très séduisant.

— Je dois bientôt participer à trois événements importants. Il suffira que vous m'accompagniez à chacune de ces occasions. Nous nous prêterons au jeu des photographes tout en jouant au couple énamouré près de convoler.

— Je vois.

— Bien entendu, je vous dédommagerai pour le temps consacré. Très généreusement. Ce qui résoudra vos soucis de voyage aux États-Unis. Tout en réglant mon problème de réputation.

— Pourquoi me solliciteriez-vous ? Il doit y avoir d'autres femmes qui conviendraient mieux pour le rôle, bredouilla-t-elle.

Il y avait sûrement dans son carnet d'adresses une foule de femmes prêtes à sauter sur l'occasion. D'ailleurs, elles n'auraient sans doute pas à jouer la comédie. En ce moment, combien d'entre elles se languissaient-elles de lui ? se demanda Chiara, le cœur serré avant de se morigéner : elle n'avait pas à s'occuper du passé sentimental d'Evan !

— Je suis sûre que vous pouvez vous adresser à quelqu'un d'autre, dit-elle, non sans jalousie.

— Non. Il n'y a personne. D'ailleurs, mes liaisons passées renforceraient l'image que je veux effacer. Ces femmes ne sont pas des inconnues dans le monde de la nuit. Il n'y a que vous.

Chiara sentit le rouge lui monter aux joues à ces mots. Il avait cependant raison sur un point. Ce plan était bel et bien insensé.

— Vous vous moquez de moi ?

— Pas du tout, assura-t-il. Je suis on ne peut plus sérieux.

Comment était-ce possible ? Ce qu'il suggérait était

délirant. Faire semblant d'être fiancés juste après un coup de foudre ? Allons donc ! Cela ne tenait pas debout !

— L'absurdité de cette proposition mise à part, ce que vous suggérez a tout du numéro de théâtre, déclara-t-elle. Et je n'ai aucune expérience d'actrice. J'ai seulement tenu un petit rôle de danseuse dans une pièce, une fois, au collège. Comment pourrais-je tromper qui que ce soit ?

— Inutile d'avoir de l'expérience. Vous n'aurez qu'à sourire aux photographes et vous en remettre à moi pour orienter la conversation.

À l'entendre, rien de plus simple ! Mais la moindre bévue pouvait se révéler calamiteuse. Surtout pour lui. Elle se sentirait vraiment mal si elle commettait un faux pas. Mais... Evan marquait un point en soulignant qu'elle avait besoin d'argent.

— Dites-m'en un peu plus sur les événements en question...

Chiara sentit croître son appréhension à mesure qu'il parlait.

— Je vous accompagnerai à l'autre bout du monde ?

— À Singapour pour un mariage. Pékin pour un rendez-vous d'affaires avec un investisseur. Et la Suisse pour un ultime entretien avec les Italiens, dit-il. Je pensais que cet aspect-là vous inspirerait un peu plus que ça, je l'avoue. Voir de tels endroits...

Elle admettait qu'une occasion pareille était unique en son genre. Elle rêvait de visiter ces lieux. Surtout Pékin. Mais les circonstances étaient... si peu conventionnelles !

Ne refuse pas les occasions qui se présentent.

Chiara refoula cette pensée, qui s'exprimait par la voix de sa mère. La spontanéité avait du bon. Accomplir une folie, c'était autre chose. Et l'idée d'Evan était bel et bien délirante. Non ?

Elle se leva et fit quelques pas en direction des baies vitrées. Cela ne l'aidait pas d'être si près de lui.

— Je suis navrée, Evan. Si alléchante que soit la proposition...

Il leva les mains pour l'interrompre.

— Ne répondez pas tout de suite. J'ai quarante-huit heures devant moi avant de quitter Bali. Réfléchissez.

— Si vous y tenez, dit-elle, déglutissant avec difficulté. Mais je ne crois pas que ça changera grand-chose.

— Peut-être, et peut-être pas. Je vous demande seulement d'y réfléchir. Et de penser aux pays où vous irez, aux lieux que vous aurez l'occasion de voir.

Mince ! Il misait pour gagner ! Sans la moindre concession. Il devait se douter qu'elle n'aurait jamais la chance de visiter ces hauts lieux touristiques par ses propres moyens.

— Chiara, je ne vous demande que quelques heures de réflexion, sans plus.

Elle ne voyait pas en quoi le temps écoulé changerait la donne. Voyager à travers le monde avec un quasi-inconnu, faire semblant d'être sa fiancée, et d'en être amoureuse...

Elle hocha la tête en guise de réponse, tout en sachant qu'elle repoussait l'inévitable, remettait à plus tard le « non » qu'elle lui opposerait. Il était impensable qu'elle accepte une telle proposition. Quelle que soit la somme d'argent en jeu.

Elle devait en finir, lui dire qu'elle refusait. Plus tôt ce serait, mieux ça vaudrait. Inutile de laisser traîner les choses. Ensuite, Evan pourrait passer à son plan B. Il en trouverait sûrement un.

Mais il ne lui facilitait pas la tâche ! Evan Kim était de ces hommes qui poursuivent leur but avec acharnement.

Depuis qu'elle avait quitté sa suite, il lui avait envoyé une série de clichés de la résidence hôtelière luxueuse où se déroulerait le mariage ainsi que des photos grandioses de la Grande Muraille de Chine. Des vues étourdissantes des Alpes suisses allaient sûrement suivre !

À peine venait-elle d'avoir cette pensée que son mobile émit un bip indiquant un message. Elle l'ignora. Elle était tentée par ces superbes photos, bien sûr. Et combien de fois sa mère disparue n'avait-elle pas souhaité voir la Grande Muraille ?

Maman n'a jamais eu cette chance...

Chiara se laissa envahir par la tristesse, tandis qu'elle rentrait dans son appartement. Elle avait appris, au fil des ans, qu'il ne servait à rien de combattre ses émotions, mais elle ne s'autorisait jamais à s'y complaire longtemps. C'était une pente glissante à éviter si on voulait préserver sa santé mentale.

Le décor miteux de l'auberge de jeunesse contrastait vivement avec la suite luxueuse où elle avait passé la nuit. Il devait y avoir de belles cabines de douche dans l'hôtel de Singapour, aussi. Et des bains à remous comme celui dont elle avait profité la veille. Elle pourrait s'en assurer dans quelques jours si elle voulait...

Chiara se laissa tomber sur le lit et ferma les yeux. Pourquoi réfléchir à tout cela ? Elle avait déjà pris sa décision. Elle trouverait un autre moyen de se procurer de l'argent. Et Evan, un autre moyen de convaincre ses investisseurs. Il était habile, déterminé et talentueux. Elle n'avait aucune raison de se sentir coupable de le laisser tomber.

Un deuxième « ding ! » de son mobile lui arracha un soupir. S'attendant à un fichier de photos de montagnes enneigées, elle fut surprise de voir à la place un message de son amie Nuri.

Déjeuner de bonne heure, ça te va ? J'ai préparé du bakso. Passe me voir. Plein de choses à raconter.

Chiara raffolait des boulettes de bœuf à l'indonésienne de son amie, une délicieuse spécialité, et elle serait ravie d'avoir de la compagnie. Quand elle raconterait sa soirée, Nuri n'en reviendrait pas ! Sans parler de la proposition stupéfiante d'Evan...

S'étant vite rafraîchie et changée, elle répondit en gagnant le seuil qu'elle était en route. Quelques minutes plus tard, elle était attablée chez Nuri, un arôme d'épices flottant dans l'air.

Elles déjeunèrent tranquillement, puis Nuri se renversa sur sa chaise et demanda avec un sourire amical :

— Alors, cette soirée d'hier ? Et l'interprétariat ?

Chiara prit une inspiration avant de répondre. Par où commencer ?

— L'interprétariat, c'était le plus facile, finalement. C'est le reste qui te paraîtra incroyable.

— Ah ? dit Nuri, piquée par la curiosité. Raconte !

Chiara se lança dans un flot de paroles. Elle commença par parler de sa satisfaction et de celle d'Evan après l'entrevue avec les Italiens, puis de leur déception à la réception du mail du lendemain. Elle raconta ensuite qu'elle avait passé la nuit dans sa suite. Son amie écarquilla les yeux, mais l'écouta sans commentaires, attentive.

— Intéressant ! dit-elle finalement. Comment vous êtes-vous quittés ?

— Eh bien, justement... ce n'était peut-être pas un adieu.

De l'amusement et une légère surprise se peignirent sur les traits de Nuri.

— Comment ça ?

En décrivant à Nuri la proposition d'Evan, Chiara comprit à quel point elle paraissait farfelue. Quand elle eut terminé, son amie resta stupéfaite.

— Je ne sais que penser, Nuri. À première vue, la réponse est claire. Je ne peux pas accepter. Tu comprends, je viens de le rencontrer. Il est apparemment intègre, avec un fort tempérament. Peut-être un peu fêtard, aussi.

— Et ?

— Et comment pourrais-je expliquer ça à mon frère ou à papa, s'ils l'apprennent ?

— Tu as pris ta décision, alors ?

Le silence de Chiara parut éloquent à son amie.

— Tu es partagée, observa-t-elle. Et plus qu'un peu, j'ai l'impression.

— Oui, soupira Chiara. Je pense sans cesse que ma mère rêvait de visiter ces endroits. Surtout Pékin, et la Grande Muraille. Et elle adorait la montagne et la neige. Elle aurait sauté sur l'occasion de se rendre dans les Alpes suisses.

Elle sortit son mobile et afficha le cliché d'une page manuscrite. L'original était à l'abri dans un tiroir, à New York. Le papier en était usé à force de manipulations, mais Chiara savait par cœur ce qui figurait sur l'écran.

— C'est *la* liste ? demanda Nuri avec déférence, comme si elle évoquait quelque chose de sacré.

Et en un sens, cette liste l'était.

— Oui. C'est la liste des « choses à voir avant de mourir » que j'ai établie avec maman, avec tous les endroits que je visiterais et les choses que je ferais à l'âge adulte.

Les souvenirs affluèrent alors que Chiara se remémorait ce moment-là. Elle n'avait pas eu envie de s'asseoir pour écrire dans un carnet, après la mauvaise journée qu'elle venait de passer, mais plutôt de sangloter sur son lit. Mais sa mère n'avait rien voulu savoir. Comme toujours, elle avait eu raison.

— Comment cette liste a-t-elle vu le jour ? demanda Nuri, penchée en avant.

— Eh bien… je venais d'essuyer un refus de la part du garçon dont j'étais amoureuse, au collège. J'avais préparé tout un plan pour l'inviter au bal de fin d'année du lycée. J'en rêvais depuis des semaines…

— Tu voulais qu'il t'y emmène ?

— Oh ! oui ! Et ce n'était pas n'importe quel garçon. C'était le *running back* de l'équipe de football américain, une vraie star. Beau et populaire. Je n'avais pas suffisamment réfléchi, je crois.

— Que s'est-il passé ?

— J'avais une robe chic, je m'étais bien coiffée et maquillée, et je me suis plantée à la porte des vestiaires avec la grande pancarte que j'avais rédigée en attendant qu'il sorte avec l'équipe.

— Aïe… Je crois deviner la suite.

— Il m'a humiliée devant ses coéquipiers et ses potes, totalement hilares !

Chiara se mit à rire elle aussi, en racontant l'incident. Curieux. Elle pouvait s'en amuser, maintenant. Sur le moment, elle l'avait vécu comme une tragédie !

— C'est moche, dit Nuri.

— Oui, ça a fait mal. Après, je n'avais qu'une envie : m'apitoyer sur mon sort, pleurer. J'ai dit à maman que je ne tenterais plus jamais ma chance. C'était trop douloureux.

— Mais elle ne voyait pas les choses du même œil.

— Ah ça, non ! Elle m'a dit qu'un tas d'aventures m'attendaient. Et que nous allions tout de suite en imaginer certaines.

Chiara eut la gorge nouée, et des larmes lui picotèrent les yeux. Sa mère avait su comment combattre sa tristesse, trouvé le moyen idéal de la concentrer sur l'avenir et non sur la rebuffade d'un garçon. D'où la fameuse liste, essentiellement constituée de voyages dans divers lieux exotiques.

Chiara avait déjà coché Bali. Le Mexique, grâce à un voyage scolaire. Et quelques endroits d'Europe centrale quand elle avait commencé à voyager sac au dos. Mais il y restait tant de cases à cocher ! Tant d'endroits à visiter ! Or, Evan lui offrait une occasion en or de réaliser une partie de ce programme. Tous frais payés.

Nuri s'accouda à la table.

— Et que dirait ta mère de tout ça ? Que te conseillerait-elle ?

Chiara considéra l'écran. Oh ! elle connaissait la réponse.

5

Une heure et demie plus tard, Chiara ressassait encore la question, tandis qu'elle chargeait son chariot de nettoyage. Elle avait le sentiment que sa mère était toujours auprès d'elle pour la guider. Mais comment déterminer ce que Gabriela Pearson aurait pensé de la situation délicate de sa fille en ce moment ? Chiara devinait en revanche ce que diraient son père et Marco s'ils avaient vent de tout cela : un « non » catégorique.

Son mobile vibra dans sa poche, puis la sonnerie personnalisée de son frère se fit entendre. Elle lui envoyait un SMS avant de prendre son service, en général, mais cet après-midi, dans sa préoccupation, elle avait oublié ! Marco, qui avait tendance à s'inquiéter outre mesure, était un peu son second père. Elle prit vite l'appel. S'il ne lui parlait pas de vive voix, il continuerait à tenter de la joindre.

— Salut, frangine. Tu ne donnes pas de nouvelles. Comment ça se passe, dans ton paradis ?

Chiara n'aurait pas précisément qualifié de « paradis » la réserve, avec ses étagères métalliques et ses serpillières accrochées au mur.

— Oh ! c'est une vie de rêve, tu le sais bien.

Il eut un petit rire.

— Dis-toi que tu seras à la maison dans quelques semaines pour nous raconter ça.

Chiara eut de nouveau l'estomac noué, comme chaque fois qu'on abordait ce sujet. Elle tenta de l'ignorer.

— Tu auras droit à tous les détails croustillants dès qu'on se verra !

— Je suis impatient ! répondit son frère.

Se faisait-elle des idées au son de sa voix, ou bien Marco avait-il l'esprit ailleurs ?

Il devait penser aux vacances toutes proches. Pendant quelques secondes, elle eut envie de céder à ce qui lui semblait naturel et de se confier à son grand frère. Marco avait toujours été là pour elle, même du temps où leur mère était encore de ce monde. Chiara ressentait d'autant plus durement son dilemme actuel qu'elle ne pouvait pas solliciter le soutien de son aîné, de crainte d'avoir à lui avouer qu'elle avait dépensé tout l'argent gagné et donné celui que leur père lui avait envoyé pour ses frais de voyage.

Décevoir Marco, pour elle, c'était comme décevoir son père, et elle ne pouvait pas s'y résoudre.

Mais Marco, entre ses études et son expérience hôtelière, avait de nombreux contacts. Il n'était pas impossible qu'il puisse lui fournir une information.

— J'ai une question à te poser...

— Je t'écoute.

— Tu n'aurais pas entendu parler d'un jeune entrepreneur qui s'appelle Evan Kim, par hasard ?

— Mmm... ça ne me dit rien. Pourquoi tu me demandes ça ?

— Il y a un congrès technologique ici, à l'hôtel. On cite beaucoup son nom, et ce serait une étoile montante. Le genre qui a réussi très jeune, enfin tu vois...

Son frère acquiesça.

— Un de nos hôtes réguliers avec qui je me suis lié d'amitié travaille dans ce secteur. J'ai ses coordonnées. Je pourrais lui envoyer un mail pour savoir s'il a des infos sur ce type.

Après tout, elle envisageait d'accepter une proposition de travail, et quelques informations supplémentaires ne pourraient pas nuire.

— Merci, Marco. Je suis curieuse, je l'avoue, et tu sais comment je suis quand...

— Tu explores les choses à fond ! coupa Marco dans un rire.

Chiara savait quelle réflexion il gardait pour lui. Ni son père ni son frère ne comprenait pourquoi elle n'avait pas mis à profit sa curiosité et ses aptitudes pour achever ses études universitaires.

— Je t'appellerai dès qu'il me fera signe, ajouta Marco avant de raccrocher.

Cela ne fut pas long ! Chiara était entre deux chambres, une heure plus tard, lorsque la sonnerie de son frère se fit de nouveau entendre.

— Tu es rapide ! dit-elle en décrochant.

— Mon ami a répondu sans tarder. Je suis tombé à un moment où il était disponible, il attendait un vol qui a été retardé. Il avait beaucoup à dire sur le nom que tu m'as communiqué !

Chiara eut un coup au cœur. Quoi qu'elle puisse décider, elle n'avait pas envie de découvrir sur Evan des choses déplaisantes. Pourquoi ? Elle aimait mieux ne pas le savoir.

— Alors ? C'était positif ?

— Tout à fait positif. Il me l'a décrit comme un prodige qui a développé une application à un âge très avancé : dix-neuf ans ! plaisanta Marco. C'est comme ça qu'il a gagné ses deux premiers millions. Depuis, il a racheté plusieurs entreprises de la tech…

Et pour ce qui est de sa vie personnelle ? se demanda Chiara.

— C'est tout ?

— Pour l'essentiel, oui. Ces derniers temps, on lui a bâti une réputation de jet-setter, mais il semblerait qu'il s'agisse d'un coup de pub, d'« informations » créées de toutes pièces. Un moyen d'obtenir les précieux clics sur les réseaux sociaux !

Justifiée ou non, cette réputation nuisait à ses affaires.

— Donc, pour satisfaire ta curiosité, continua Marco, c'est quelqu'un de fiable.

Soulagée, Chiara conclut :

— Evan Kim est un type réglo, alors ?

Alors qu'elle raccrochait, quelqu'un toussota ostensiblement derrière elle, dans le couloir. Chiara se figea, le rouge aux joues. Pas besoin de se retourner pour savoir qui était là et avait entendu chacune de ses paroles ! Elle aurait voulu que le sol s'entrouvre et l'engloutisse !

— Vous enquêtez en douce sur moi, si je comprends bien, mademoiselle Pearson ?

Evan étouffa un rire devant la mine horrifiée de Chiara qui venait de découvrir sa présence dans le couloir. Comme elle ne se manifestait pas, il avait déambulé ici et là dans l'espoir de la croiser. Et il avait bien fait !

— Écoutez, Chiara, je ne vous reproche pas d'avoir voulu savoir qui je suis. En réalité, vous en abstenir aurait été une négligence coupable.

Elle se détendit en entendant ça.

— C'était une enquête rudimentaire, dit-elle.

— Ai-je réussi l'examen ?

— Avec un résultat probant : vous obtenez un A moins ! plaisanta-t-elle.

Il fit mine d'être horrifié, portant la main à son cœur.

— Pas de A plus ? Mes anciens précepteurs seraient déçus de l'apprendre.

— Cela restera notre secret.

— Et pour ce qui est de notre autre secret ?

— Les fausses fiançailles, vous voulez dire ?

Il hocha la tête.

— Vous vous renseignez sur moi. Cela signifie-t-il que vous envisagez de me donner une réponse positive ?

Elle répondit par une question :

— Que faites-vous donc à cet étage ?

Il agita l'index dans sa direction.

— Vous avez l'art de contourner les questions, vous !

— Ah ? Vous venez d'en faire autant.

Evan se pinça l'arête du nez. Ils tournaient en rond !

— Accordez-moi la possibilité d'essayer encore de vous convaincre.

Chiara s'adossa au mur, jambes croisées. Elle avait relevé ses cheveux au petit bonheur la chance, et des mèches indisciplinées lui encadraient le visage. Son uniforme épousait ses jolies formes.

— Qu'avez-vous en tête, exactement ? demanda-t-elle.

— Je voudrais vous faire une proposition. J'espère que vous l'accepterez.

— Un rendez-vous professionnel ? Evan, je sais que vous êtes disposé à me rémunérer généreusement. Ce n'est pas ça, le problème.

— Vous n'y êtes pas. Je ne parle pas affaires. Seulement d'un peu de plaisir.

Un peu de plaisir ?

Le cœur de Chiara se mit à battre la chamade. Il s'emballa encore plus quand Evan continua :

— Pourriez-vous passer chez moi vers 19 heures ? On grignotera quelque chose, puis on verra.

Elle haussa les épaules, simulant l'indifférence.

— Pourquoi pas ? Je n'ai rien de prévu, ce soir.

Ni aucun autre soir, d'ailleurs. Sauf, bien sûr, si elle partait avec Evan, et...

Envisageait-elle réellement d'accepter ? Quand donc avait-elle changé d'avis ?

— Apportez un maillot de bain et des vêtements de rechange, dit-il encore, la distrayant de ses pensées.

— Un maillot de bain ?

Il lui fit un clin d'œil.

— Faites-moi confiance.

Plusieurs heures plus tard, alors qu'elle faisait rouler son chariot dans la réserve, Chiara était plus que prête à découvrir ce que lui réservait Evan. Et moins d'une demi-heure après la fin de son service, elle était dans l'ascenseur qui menait à la suite en terrasse, un maillot et une serviette logés dans son sac fourre-tout. Elle s'était changée, passant un haut ample porté sur un pantalon corsaire.

Mais si Evan avait envisagé quelque chose de plus habillé ? Elle fut soulagée, lorsque les portes de l'ascenseur s'ouvrirent, de le voir vêtu d'un short kaki et d'une chemise blanche qui soulignait son torse et ses bras puissants. Pour un as du codage, il était plutôt athlétique ! Quand donc trouvait-il le temps de s'entraîner ?

— Quelle ponctualité ! dit-il en l'accueillant d'un grand sourire.

Mais au lieu de l'inviter à entrer, il la rejoignit dans l'ascenseur et appuya sur le bouton de la réception.

— Nous allons pique-niquer sur la plage, c'est ça ?

Il secoua la tête, les yeux sur le panneau de commandes.

— Où va-t-on dîner, alors ?

— Vous verrez bien. Vous avez apporté un maillot ? Oui ? Parfait. On peut se baigner d'abord. Sauf si vous avez très faim. Je vous laisse décider.

Où diable l'emmenait-il ?

— Si on ne va pas à la plage, comment pourrait-on se baigner ?

Il lui décocha un nouveau clin d'œil.

— Patience, mademoiselle Pearson.

Une voiture et un chauffeur les attendaient quand ils sortirent de la réception, sur le trottoir.

— Ce n'est pas très loin, dit Evan qui aida Chiara à prendre place sur le siège arrière, puis se glissa près d'elle.

Le chauffeur devait connaître leur destination, car il s'engagea dans la circulation chaotique et bruyante et roula jusqu'à ce qu'ils atteignent le Lagoon Villa qui, Chiara le savait, était l'un des établissements les plus sélects du coin. Elle resta sans voix quand Evan l'escorta sur la promenade en bois qui menait à l'un des vastes bungalows sur pilotis surplombant la mer.

Le couvert était mis à leur intention dans un coin privé, en terrasse, et les brochettes d'un saté grillaient sur un brasero. Des plats de légumes et fruits exotiques étaient déjà disposés sur la table.

— C'est... merveilleux ! dit-elle, impressionnée.

— C'est l'un de mes endroits favoris à Bali. J'y viens aussi souvent que possible.

Chiara embrassa du regard les eaux couleur de jade, les lanternes illuminant la jetée.

— Je vous comprends, dit-elle.

— Alors ? Voulez-vous commencer par le dîner ?

Pour toute réponse, elle hocha la tête.

Le saté était délicieux, l'un des meilleurs qu'elle ait mangé. Les brochettes épicées de poulet et d'agneau étaient servies sur un lit de *nasi goreng*, le plat emblématique de l'Indonésie. Le riz frit relevé d'épices était assorti de légumes grillés encore croquants... un délice !

— Qu'est-ce qui vous a amenée à Bali, au fait ? demanda Evan entre deux bouchées. J'imagine que ce n'était pas pour travailler dans un hôtel que vous êtes venue jusqu'ici.

— J'ai attrapé le virus du voyage il y a une dizaine d'années. Bali était un des endroits qui figuraient sur ma liste de lieux à voir.

Elle n'allait pas dire à Evan que c'était avant tout la liste de sa mère, et aussi sa mère qui avait eu la passion des voyages. Peu avant sa disparition, Chiara lui avait promis de voir le plus grand nombre possible des lieux qu'elle aurait aimé visiter avant que la maladie l'en empêche.

Non, elle n'avait pas envie d'aborder cela avec Evan. Même dix ans après, la blessure restait vive, la perte trop douloureuse. Elle risquerait de s'effondrer si elle en parlait.

Il leva son verre comme pour lui porter un toast.

— Eh bien, je suis heureux que vous soyez venue.

Tout bien réfléchi, elle en était heureuse aussi. Quoi que l'avenir lui réserve, cette soirée serait un merveilleux souvenir. L'un de ceux que l'on raconte à ses petits-enfants. Mais elle se garderait de mentionner sa folle attirance pour son compagnon, ou le fait qu'il voulait la convaincre de jouer le rôle de sa fiancée.

Le serveur apporta un plateau de petits gâteaux au manioc, moelleux et parfumés, qui lui mirent l'eau à la bouche.

— Vous connaissez bien le chef ? demanda-t-elle en tendant la main pour prendre une pâtisserie. Il paraît que le manioc peut être dangereux et agir comme un poison s'il n'est pas préparé comme il faut.

Joueur, Evan retira le plat avant qu'elle ait pu se servir.

— Alors, je ne permettrai pas que vous couriez le moindre risque. J'ai trop besoin de vous.

Comme si le décor et ce dîner romantique ne suffisaient pas, il la tentait avec de belles paroles, maintenant.

— Bon, reprit-il en se servant, je vais faire le test.

Et il ne fit qu'une bouchée d'un gâteau.

— Vous êtes mon goûteur ?

Il sourit jusqu'aux oreilles.

— Nous ne sommes pas loin d'insulter le chef, dit-il. Mais avec un peu de chance, il n'en saura rien !

Chiara tira le plateau vers elle.

— S'il nous entend, le seul moyen d'expier notre faute est de tout manger.

Bientôt, il ne resta plus rien du délicieux dessert.

— Il y a un vestiaire à l'arrière si vous voulez passer votre maillot, proposa-t-il. Nager nous fera du bien.

— Et comment ! Il n'a pas plu tous ces derniers jours. Je ne manquerai pas une bonne occasion de me rafraîchir !

Evan était déjà dans l'eau quand Chiara revint. Elle n'était pas gênée en maillot de bain, normalement. Mais avec Evan, c'était différent. Il avait détourné les yeux un peu trop vite, et posait les yeux partout ailleurs que sur elle. Par courtoisie ? Ou évitait-il de la regarder pour une autre raison ?

— Alors, vous venez ?

Sauter de la passerelle du bungalow où elle venait de dîner dans cette eau azur était une expérience qu'elle n'oublierait pas de sitôt ! Reculant d'un pas pour se donner de l'élan, Chiara s'élança...

L'eau fraîche soulagea en partie la tension et l'anxiété

qu'elle éprouvait depuis qu'elle avait donné l'argent de son voyage à son amie. Dans cet environnement paisible et serein, le silence était comme un baume pour son âme meurtrie. Ainsi l'horizon s'éclaircissait, et elle tenait sa réponse : on lui offrait une solution, alors pourquoi diable la rejeter ?

D'une poussée, elle remonta à la surface.

— Vous êtes restée longtemps sous l'eau, dit Evan. J'allais descendre voir si vous aviez besoin de secours.

Peut-être était-ce le cas. Si elle s'était toujours flattée d'être forte et indépendante, elle avait peut-être besoin qu'on la sauve, à présent.

6

Une semaine plus tard

Il avait officiellement une fiancée.

Comment était-on censé se comporter quand on était fiancé ? Comment un homme heureux d'être engagé avec une femme vivait-il cette situation nouvelle ?

Distrait, Evan donna un pourboire au garçon d'étage qui les avait escortés dans leur suite avant de refermer la porte sur lui.

Louis semblait avoir changé. Depuis qu'il avait rencontré sa future femme, il souriait sans cesse. Peut-être Evan pouvait-il obtenir de lui quelques conseils ? Bien entendu, il y avait un inconvénient dans cette histoire : ses fiançailles n'étaient qu'un simulacre. Il n'y avait pas eu de demande en mariage, et il n'y aurait pas de noces en conclusion.

Mais qui veut la fin veut les moyens.

Chiara était parfaite pour le rôle qui lui était dévolu. Et elle l'incarnerait encore mieux après la visite d'une relookeuse personnelle, prévue dans une heure.

— La vue est magnifique ! dit-elle à présent en contemplant le décor, au-delà de la terrasse.

— Je suis heureux que ça te plaise. Nous séjournerons ici jusqu'au mariage.

La sentant tendue, il eut envie d'aller lui apporter du réconfort.

— Ne sois pas nerveuse. Tout le monde va t'adorer !

Peut-être trichait-il un peu, là. Il ne savait plus, désormais, ce qui pourrait contenter ses parents. Il ignorait même s'ils se donneraient la peine de rencontrer Chiara. Mais ce n'était pas en lui disant cela qu'il allait apaiser sa nervosité. Il avait réussi à éviter ses questions sur sa famille pendant le voyage en avion en restant concentré sur l'écran de son portable tandis qu'elle lisait un magazine.

— Je suis anxieuse à l'idée de rencontrer tes amis et ta famille, dit-elle. C'est plus stressant que de faire l'interprète.

— Tout ira bien. Aie confiance en toi.

— J'essayerai. On pourrait passer en revue quelques éléments, non ? Pendant le dîner, éventuellement ?

Evan dut faire un effort pour ne pas soupirer à cette idée.

— Je crains de ne pas être libre, ce soir. Des documents à faire parvenir à un investisseur international.

Elle parut déçue.

— Regarde donc le menu du *room service*, reprit-il. Cet hôtel-restaurant a un chef de renom international. Tu peux aussi passer commande dans un des restaurants du quartier.

— Quel dommage que tu sois occupé ! J'espérais visiter un peu la ville, le premier soir.

Il n'eut pas le temps de répondre, car on sonnait à la porte.

— Excuse-moi, dit-il, ce doit être la relookeuse.

Le garçon d'étage était de retour avec la jeune femme et, à eux deux, ils apportaient plusieurs boîtes et deux portants chargés de vêtements.

— C'est quoi, tout ça ? demanda Chiara en s'approchant. Je croyais que j'allais essayer une tenue de mariage !

Mais oui, elle était agacée ! songea Evan. Il se demandait bien pourquoi.

— C'est le but principal, oui. Mais tu auras besoin d'autres tenues dans les semaines à venir.

— Je ne me doutais pas qu'on m'apporterait toute une garde-robe !

— J'ai seulement mentionné la robe de la cérémonie parce que c'était le plus important.

La relookeuse les regardait tour à tour, l'air tendue. Après un silence, elle s'excusa et gagna le couloir à la hâte.

— Chiara, commença Evan dès qu'il eut entendu se refermer la porte des toilettes, il s'agit de te procurer des vêtements adaptés à ton rôle, sans plus.

— Mais je n'ai pas les moyens de payer ça, Evan ! Et je n'attends certes pas que tu renouvelles ma garde-robe.

Mais où était le problème ? Elle faisait une montagne d'un rien !

— L'hôtel de Bali te procurait un uniforme, non ? En quoi ceci serait-il différent ?

Elle lui montra une somptueuse étole de soie rouge.

— Rien à voir avec un uniforme bon marché !

— Non, mais...

—Tu te rends compte de ce que cela suggère ?

Evan s'efforça de garder son sang-froid. Il était déjà contrarié d'être à Singapour, même si c'était pour assister au mariage de Louis. Car bon nombre de personnes liées à sa vie passée seraient présentes à cette noce. Des gens qu'il n'avait pas revus et auxquels il n'avait pas parlé depuis des années. Y compris son père et sa mère !

Cela expliquait peut-être qu'il ne gérait pas bien les choses, avec Chiara. Mais que d'histoires pour des chiffons !

— Écoute, si ça peut te mettre à l'aise, ne garde pas les vêtements.

Même s'il n'avait pas la moindre idée de ce qu'il pourrait en faire. Son assistante verrait peut-être cette garde-robe d'un œil plus enthousiaste que Chiara, qui était loin de paraître emballée.

— J'ai seulement besoin que tu les portes pendant la durée de... notre contrat. Pour que...

— Je vois, coupa-t-elle en levant une main, pour que j'aie la tête de l'emploi !

Puis elle lui tourna le dos, fixant de nouveau le décor extérieur.

Mais qu'avait-elle donc fait ? Toute cette affaire était une terrible erreur. Sous le charme d'Evan – et aussi parce qu'elle avait désespérément besoin d'argent – elle s'était laissé entraîner dans une aventure dont elle ne voyait pas l'issue. Maintenant qu'elle était engagée, il était clair qu'elle n'était pour Evan qu'une partenaire en affaires. Il s'était montré froid et distant avec elle dans son jet privé.

Quant aux vêtements... quelle humiliation ! Sans avoir vu grand-chose de sa garde-robe, il avait déjà décidé que ce qu'elle avait ne convenait pas pour ses amis et sa famille. Pour lui, elle n'était qu'une marionnette, une femme-trophée qu'il se devait d'exhiber à son bras pour atteindre l'objectif qu'il s'était fixé.

Et elle n'avait à s'en prendre qu'à elle-même, après tout ! Elle n'aurait jamais dû espérer autre chose. Heureusement, il n'y en avait que pour trois semaines. Puis elle partirait rejoindre sa famille pour les fêtes, et Evan ne serait bientôt plus qu'un lointain souvenir.

À cette pensée, Chiara sentit sa gorge se serrer.

— J'aimerais que les vêtements reviennent à une association caritative, quand nous aurons terminé.

— Bien sûr. Cela pourra s'arranger.

— Une association d'aide aux femmes. Ou une vente aux enchères caritative.

— Bien sûr, répéta-t-il. J'enverrai un message à mon assistante pour qu'elle trouve un organisme adéquat.

Tout à coup, la relookeuse reparut sur le seuil.

— Eh bien, allons-y ! lança Chiara avec un sourire factice.

Le soulagement de la visiteuse fut si visible que Chiara se sentit un peu coupable d'avoir contribué, avec Evan, à la mettre mal à l'aise. Elle avança vers elle, main tendue.

— Je m'appelle Chiara. Merci beaucoup d'être venue.

Elle eut droit à un sourire et une solide poignée de main en retour.

— Et moi, je m'appelle Trina.

— Bien, je vous laisse, dit Evan. Je serai dans mon bureau, en cas de besoin.

Il se retira, et Chiara s'approcha du portant des tenues les plus décontractées.

— Par quoi commence-t-on ?

— Par ce qu'il vous plaira. Si vous y tenez. Je pourrais revenir une autre fois.

— Non, pas de problème. J'étais juste un peu choquée de voir tout ça.

— Je comprends, répondit en riant Trina. Il arrive que les hommes soient complètement à l'ouest, dans ce genre de situation !

— Evan n'est pas mon petit ami, rectifia étourdiment Chiara.

Puis elle se rappela la raison de sa présence ici. Evan et elle étaient censés avoir une vraie relation sentimentale !

— En fait, nous sommes fiancés, ajouta-t-elle très vite.

Ouf, il s'en était fallu de peu qu'elle commette une grosse gaffe !

— Fiancés ? Félicitations ! s'exclama Trina, en jetant un coup d'œil à la main gauche de Chiara.

Mince ! Elle n'avait pas de bague de fiançailles. Il faudrait sans doute qu'elle en touche un mot à Evan. Elle frémit en pensant au malaise que cette conversation ne manquerait pas de susciter. Jamais elle n'aurait cru avoir à réclamer sa propre bague de fiançailles… même « pour de faux » !

— Vous êtes ensemble depuis longtemps, alors ? enchaîna Trina, sourire aux lèvres.

— En fait, non. Nous venons de nous rencontrer. Vous savez tout ce qu'on raconte sur le coup de foudre…

— Comme c'est romantique !

— Merci. Certains trouveraient ça trop impulsif. Mon père soutient que je suis trop spontanée.

Chiara frissonna rien qu'à l'idée de ce qu'il dirait s'il la voyait, en ce moment. Puis, ramenant ses deux mains contre sa poitrine, elle simula l'excitation joyeuse d'une fiancée s'apprêtant pour l'élu de son cœur.

— Allez, commençons !

Pendant une bonne heure et demie, Chiara se prêta aux essayages. Elle ne l'aurait pas avoué à Evan, mais il était plus amusant qu'elle ne l'aurait cru d'enfiler des vêtements de luxe, même en sachant qu'elle ne les posséderait jamais. Elle s'imagina qu'elle était mannequin et devait défiler sur un podium, ou poser pour un magazine glamour.

Après les vêtements de jour décontractés, Trina approcha le portant des robes, toutes plus sublimes les unes que les autres. Comment choisir ? Elle jeta son dévolu sur une robe bleu saphir, en soie, dont Trina affirmait qu'elle mettait en valeur la couleur de ses yeux.

Elles bavardèrent tandis que Chiara passait les vêtements,

allant dans la salle de bains à chaque changement de tenue. Evan ne reviendrait sans doute pas de sitôt dans le salon, mais elle ne voulait pas risquer d'être surprise à demi-nue.

— C'est votre première visite à Singapour ? demanda Trina, avec ce petit accent que Chiara trouvait délicieux.

— Oui, et j'ai hâte de voir la ville.

Quand nous pourrons enfin la visiter, ajouta-t-elle en son for intérieur. *Si jamais cela arrive un jour !*

— Un nouveau restaurant vient d'ouvrir en ville, où l'on sert des sushis et des raviolis délicieux, dit Trina.

Elle communiqua le nom du restaurant à Chiara en lui assurant qu'elle et Evan devaient absolument l'essayer.

— Comptez sur moi pour en parler à mon fiancé, dit Chiara.

Elle n'arriverait jamais à s'accoutumer à ce mot-là !

Trina la surprit en lui décochant un clin d'œil espiègle et en la prenant par la main.

— J'ai quelque chose à vous montrer. Cela pourrait être utile pour une jeune fiancée.

Elle ouvrit un coffre en bois où étaient rangés avec soin des articles de lingerie, puis déplia un slip et un soutien-gorge tout en dentelle. Chiara n'aurait certes aucun besoin de cela au cours des prochaines semaines, mais elle ne put se retenir de fantasmer sur… ce qui pourrait se passer. Une main virile abaissant la fine bretelle sur son épaule… Des yeux brillants de désir parcourant son corps seulement couvert d'un peu de dentelle, un souffle chaud contre sa joue…

Et le héros de ce film imaginaire était évidemment Evan Kim. Mon Dieu ! Elle devait à tout prix se ressaisir !

Elle prit un négligé diaphane et l'examina.

— Je prendrai ça.

— Et c'est tout ? demanda Trina.

Comme Chiara hochait la tête, Trina laissa échapper un petit rire.

— Suis-je bête ! Une femme comme vous a sûrement toute une collection de sous-vêtements comme celui-ci !

Chiara pinça les lèvres. Si Trina savait ! Elle n'avait que des sous-vêtements de sport, conçus pour le confort et rien d'autre.

Après avoir raccompagné Trina à la porte, elle ne résista pas à l'envie d'admirer le délicat négligé. Elle serait la seule à s'en voir vêtue, et c'était dommage. Le tissu était si doux ! Luxueux, léger comme une plume... Elle le plaça contre son corps, imaginant ce qu'elle ressentirait en le portant, en se glissant entre les draps au milieu de la nuit. Un soupir lui échappa.

Ce fut l'instant que choisit Evan pour faire son entrée.

Evan ne s'attendait pas à la vision qui l'accueillit quand il pénétra dans le salon. En découvrant Chiara tenant devant elle un bout de chiffon visiblement conçu pour la tentation, il ne réussit pas à détourner le regard. Il aurait dû rester dans son bureau !

Elle laissa tomber à la hâte le vêtement sur le canapé, derrière elle, mais il était trop tard. Toutes sortes de pensées interdites envahissaient déjà son esprit. À quoi ressemblerait-elle en négligé de soie, et comment ce serait de l'en dépouiller...

Il chercha quoi dire, mais il était sans voix, et finit par lâcher un banal :

— Salut...

Décidément, songea-t-il avec ironie, il était brillant, ce soir !

Chiara lui adressa un sourire bien trop crispé pour être sincère.

— Euh… salut. Trina vient de partir.

— Trina ?

— La relookeuse.

Ah oui ! Il avait oublié son prénom. Bon sang, ces satanées visions ne voulaient pas disparaître !

Il s'éclaircit la gorge.

— Je… j'aurais dû t'expliquer la raison de sa présence. Je ne voulais pas te prendre en traître, tu sais.

— Pas de problème. Ma réaction était exagérée, mais je me sentirai tout de même mieux si les vêtements reviennent à un organisme caritatif… quand nous aurons fini.

— Bien sûr. Comme tu voudras.

Il y eut de nouveau un silence embarrassé. Qu'est-ce qui ne tournait pas rond chez lui ? Il avait eu de nombreuses conquêtes, et il avait vu son lot de lingerie sexy. Chiara n'avait même pas passé le vêtement, et il n'avait rien vu, en fait !

— Trina a été charmante, dit Chiara, cherchant visiblement à entretenir la conversation.

— C'est mon assistante qui l'a trouvée par l'intermédiaire d'une amie.

— Elle m'a parlé d'un nouveau restaurant du quartier. Je sais que le chef de l'hôtel a une renommée internationale, mais on pourrait quand même suivre la suggestion de Trina, ce soir.

— Si tu en as envie.

— Super ! Merci.

— De rien.

Il ne savait pas quoi ajouter. Quel nul !

— Bon, je devrais te laisser travailler, reprit Chiara en sortant son mobile. Je vais essayer de trouver le restaurant et voir s'ils font des livraisons.

Soudain, Evan se dit que la dernière chose qu'il avait envie était de travailler. Il désirait profiter de Singapour, de la compagnie de celle qui avait accepté de l'accompagner à travers le monde. Il avait été égoïste en la confinant à l'hôtel pour leur premier soir. Elle devait mourir d'envie de sortir, de découvrir les environs.

« Tu es égoïste, Evan. Tu ne penses qu'à toi. »

Il chassa ce souvenir importun pour se concentrer sur le présent. Même si, d'une certaine façon, il faisait encore preuve d'égoïsme, car les propos qu'il tint ensuite étaient autant pour son profit que pour celui de Chiara.

— Tu sais quoi ? On devrait sortir dîner dans ce restaurant !

Son visage s'éclaira.

— Vraiment ?

— Oui. On pourrait même flâner un peu avant...

— Ce serait super ! Mais... je croyais que tu avais du boulot.

— Je viens de décider que ça pouvait attendre.

Il ne voulait pas, dans les mois à venir, quand Chiara serait sortie de sa vie, avoir à regretter les décisions prises durant cette parenthèse. Le travail n'allait pas disparaître, il allait même s'accumuler. Mais Chiara, elle, n'était à ses côtés que provisoirement. Alors, pour ce soir du moins, le reste pouvait attendre. Et cette décision était sans rapport avec la nouvelle tenue de nuit de sa compagne.

7

Chiara ne voyait vraiment pas pour quelle raison Evan avait changé d'avis, mais elle s'en réjouissait. Elle mourait d'envie d'explorer Singapour, et aurait sans doute fini par s'y aventurer seule à un moment ou un autre. Depuis deux ans, elle avait traversé plusieurs pays, en routarde. Elle était habituée aux visites en solitaire, mais c'était beaucoup plus agréable en compagnie.

En particulier en compagnie d'Evan ! Elle ne cachait pas très bien son excitation, apparemment, car il lâcha avec un léger rire, tandis qu'ils sortaient de l'hôtel et s'engageaient sur le trottoir :

— Tu ne tiens pas en place !

— Je l'avoue.

— Es-tu disposée à marcher ? Il fait plutôt bon.

— J'adorerais ça. J'ai envie de voir le plus de choses possible.

Chiara était consciente de se comporter comme une gamine qui va pour la première fois à Disneyland. Mais elle s'en moquait. Singapour était vibrante de vie tout autour d'eux. Les tours, dressées comme à l'assaut du ciel, arboraient leurs néons. Au loin, l'eau de la marina scintillait au clair de lune. Les lumières et décorations de Noël ornaient les rues, et on avait l'impression que le monde enchanté du

Père Noël s'était déplacé sous des latitudes plus exotiques. Le spectacle était à couper le souffle.

Ils se promenèrent un peu dans le quartier du restaurant, puis se présentèrent à l'entrée. On les installa dans une alcôve. La salle ressemblait à un *diner* américain. Chiara eut une réaction de surprise en voyant défiler des plats sur une sorte de tapis roulant à leur hauteur.

Evan sourit.

— J'en déduis que tu n'as jamais mangé de *kaiten sushi* ?

— Est-ce que ça signifie « sushi volant » ? Si c'est ça, tu as raison, je n'ai jamais eu ce plaisir.

Il rit.

— La meilleure traduction serait « sushi tournant ». Divers sushis circulent, et tu peux prendre ce qui te fait envie. Ou passer une commande grâce à la tablette posée sur chaque table. Tiens, essayons celui-ci…

Il prit une soucoupe qui passait devant eux à ce moment-là. Deux pièces y étaient disposées, qu'ils se partagèrent. Chiara croqua dans la petite bouchée, et différentes saveurs lui taquinèrent les papilles : poisson fin, sauce acidulée, ainsi qu'un goût qu'elle n'arrivait pas à identifier.

— Mmm, c'est délicieux !

Elle prit un autre plat, tout aussi savoureux. Quand ils eurent fini, Evan prit les assiettes vides et les glissa dans la fente aménagée sur le côté de la table.

— Tu as souvent mangé dans ce genre de restaurant ?

Elle ignorait qu'il fallait glisser les assiettes vides dans la fente, qu'elle avait à peine remarquée !

— Quelquefois, à Tokyo, dit Evan. Ce concept est né au Japon. Il y a dans Shibuya un restaurant de trois étages, avec des cuisines et des systèmes de tapis roulant différents.

Tokyo… Une des villes qu'avait rêvé de visiter la mère de Chiara – comme presque toutes les capitales, du reste.

— J'aimerais beaucoup voir Tokyo.

Evan lui prit la main, par-dessus la table. La chaleur de ses doigts se diffusa dans tout son corps.

— Je suis sûr que tu t'y rendras un jour. Tu vas adorer cette ville, Chiara.

— Nous parlions d'y aller ensemble, avec maman. Avant qu'elle tombe malade.

Chiara fut choquée de s'entendre parler ainsi. Elle n'évoquait presque jamais sa mère, même avec ses plus proches amis. Et encore moins avec son frère ou son père. L'évocation de sa disparition ne faisait qu'accentuer leur chagrin.

— Elle me manque vraiment, se surprit-elle à ajouter.

— Quand l'as-tu perdue ? demanda avec douceur Evan, en serrant sa main.

— Il y a environ dix ans.

Des larmes lui picotèrent les yeux, et elle les chassa d'un revers de main.

— Tu n'étais encore qu'une toute jeune adolescente.

Elle hocha la tête, s'efforçant de dissiper le nœud qui lui nouait la gorge.

— J'ai l'impression que c'était hier.

— Je suis vraiment navré. Les mots sont impuissants à exprimer ce genre de chagrin, je le sais.

— Tu dois être si heureux de revoir tes parents dans un jour ou deux, au mariage de ton ami !

Quelque chose passa dans le regard d'Evan qui lâcha subitement sa main et fixa la table.

— Il y a un bout de temps que je ne les ai vus, dit-il enfin.

Il n'avait pas confirmé. Intéressant, pensa-t-elle.

Ils gardèrent un instant le silence, et Chiara eut l'impression qu'il lui laissait le temps de dompter son émotion. À moins que ce ne soit à lui qu'il accordait un répit ?

Chiara apprécia le geste mais en même temps, elle avait très envie qu'il se livre un peu, comme elle venait de le faire.

Elle comprit vite que cela n'aurait pas lieu. Pas ce soir, du moins. Plaquant un sourire sur son visage, elle prit un autre petit bol sur le tapis roulant.

— Mmm, ça a l'air bon ! dit-elle en le posant entre eux.

— Tu es sûre de vouloir ça ? C'est l'un des plats les plus épicés.

Elle prit un sushi.

— Je suppose que j'ai décidé de vivre dangereusement.

Evan ne plaisantait pas ! Elle avait la bouche en feu, une fois qu'elle eut avalé le sushi. Evan, lui, avait mangé le sien sans paraître affecté le moins du monde.

— J'ai essayé de t'avertir, dit-il.

— Tu n'as pas beaucoup insisté !

Evan fit signe qu'on leur apporte de l'eau, et elle fut bientôt prête à un nouvel essai.

— On en est à combien de plats ? demanda-t-elle, presque rassasiée. Des douzaines ?

— C'est la vingtième assiette, dit Evan, glissant dans la fente celle qu'ils venaient de vider. Regarde.

Au-dessus d'eux, un personnage de dessin animé se mit à danser et chanter. Puis des gerbes de feux d'artifice jaillirent sur l'écran. Un tube en plastique transparent se mit à vibrer sur le côté de la table. Et bientôt, une petite boule en plastique en tomba, roulant dans la main d'Evan qui l'avait placée sous le tube.

— Pour toi, dit-il en la tendant à Chiara. En l'honneur de ton premier *kaitenzushi*.

— Un cadeau ?

— Oui. Les dîneurs y ont droit toutes les vingt assiettes.

Chiara fut aussi heureuse qu'une gamine qui vient de

se voir offrir une pochette-surprise. Elle prit la boule et la dévissa. Elle contenait un petit sapin de Noël en plastique.

— Génial ! s'écria-t-elle. Je le conserverai comme un trésor pendant toute ma vie !

Evan éclata de rire.

— Tu n'aimes que le grand luxe, à ce que je vois. Tu veux essayer d'en avoir une autre ? Il nous suffit de vider encore vingt assiettes de sushis.

— Je suis satisfaite de mes gains, dit-elle en empochant le menu cadeau. Et j'ai l'estomac plein.

Evan pianotait sur la tablette pour avoir l'addition lorsque Chiara aperçut sur le tapis roulant quelque chose qui n'y était certes pas à sa place.

— Ce n'est pas un sushi, ça !

— Non. C'est un mobile.

— Et que vient faire un mobile sur ce tapis roulant ?

— C'est pour filmer les clients en train de manger. J'ai déjà vu ça au Japon, dit Evan. Les jeunes aiment enregistrer des vidéos qu'ils postent sur leurs réseaux sociaux. On va jouer le jeu, pour être polis.

Il se pencha par-dessus la table, et elle l'imita, leurs têtes se rejoignant. Se faisait-elle des idées, ou bien Evan tardait-il à s'écarter alors que le téléphone roulait jusqu'à la table suivante ? Depuis le matin, une légère barbe brune était apparue sur son menton, lui donnant l'air à la fois rude et décontracté. Dans une folle impulsion, elle eut envie de tourner la tête vers lui, de plonger les yeux dans les siens pour tenter d'y lire ses pensées.

Ce ne fut qu'un instant fugitif, qui se dissipa avant qu'elle ait pu se décider, et elle se demanda si elle était capable d'une telle audace. Et à quoi elle pourrait la mener…

Quelques minutes plus tard, ils sortaient dans la rue. La nuit était plus noire encore, mais non moins animée. Des files s'alignaient sur les trottoirs devant les *food trucks*, et de la musique pop résonnait dans l'air. Elle se surprit à remuer la tête en cadence tandis qu'ils se mettaient à marcher.

— L'hôtel n'est pas dans l'autre direction ? demanda-t-elle.

— Si. Mais on peut visiter un peu, si ça te dit.

— J'adorerais ! répondit-elle en joignant les mains d'un air ravi.

Il eut un petit rire.

— Bizarre, j'aurais juré que tu répondrais ça !

Cela en disait long, n'est-ce pas ? D'une certaine façon, Evan la devinait mieux que la plupart, même s'ils se connaissaient depuis quelques jours seulement.

Quelques instants plus tard, ils approchaient de ce que Chiara prit pour un monde enchanté. Evan marqua un arrêt, la laissant embrasser la vue spectaculaire.

— Oh ! ça alors ! Qu'est-ce que c'est que cet endroit ?

— Viens, je vais te montrer.

Il la prit par la main, la guidant vers un pont constitué de milliers de petites lumières qui faisait office d'entrée. Une gondole flottait sous la voûte et, dedans, un elfe agitait les bras, accompagné d'une femme vêtue en princesse.

Chiara sortit son mobile pour filmer, mais elle savait que cela ne rendrait pas la magie du spectacle.

— Quand Nuri verra la vidéo, elle n'en reviendra pas !

— J'espère que ta batterie est chargée à bloc ! Le parc de Gardens by the Bay est très étendu, et Christmas Wonderland, le marché de Noël, s'étire sur plus d'un kilomètre et demi.

Une fois le pont franchi, ils furent environnés par un kaléidoscope de lumières et de couleurs. Au cœur de la ville, un sapin de Noël était dressé sur une grande place ponctuée de hautes colonnes illuminées.

Au-delà de la place, un manège emportait dans sa course enfants et adultes juchés sur les montures en bois. Et un Père Noël imposant circulait dans la foule environnante, en distribuant des paquets enrubannés et des friandises.

— Alors, qu'en dis-tu ? demanda Evan à Chiara, qui continuait à photographier.

— Les mots me manquent, vraiment.

— Est-ce comparable à la période des fêtes à New York ?

— Oui. Mais très différent aussi.

— Ah ? dit Evan. Je suis allé à New York, bien sûr. Plusieurs fois. Mais j'aimerais avoir le point de vue d'une vraie New Yorkaise.

Chiara tenta de rassembler ses idées. Pour elle qui y avait grandi, Noël à New York était une évidence. C'était sa ville natale, et les fêtes de fin d'année n'étaient qu'un épisode des changements qui s'y produisaient à diverses époques de l'année. Maintenant qu'ils en parlaient, elle se rendait compte avec surprise que ça lui avait manqué de ne pas être là-bas à Noël.

— Tout ceci est différent ? demanda Evan, désignant le décor. Si nous étions à New York, que ferions-nous ?

Tant de réponses venaient à l'esprit de Chiara !

— On irait peut-être voir *Casse-Noisette* au Metropolitan Museum of Art. Ou admirer les décorations dans Times Square. Ou encore assister à un spectacle à Broadway d'après *Un chant de Noël*.

En se tournant vers Evan, elle vit qu'il la contemplait avec une expression qui lui donna le frisson.

— Tu pourras peut-être me montrer tout ça, un jour.

Elle eut un coup au cœur. Pour la toute première fois, il semblait sous-entendre qu'ils resteraient en contact une fois achevée la négociation avec les Italiens.

— Cela me plairait beaucoup, Evan, dit-elle d'une voix douce qu'elle eut du mal à reconnaître.

Mais il s'était déjà détourné, comme s'il regrettait les paroles qui lui avaient échappé. Il se ressaisit très vite et passa un bras autour de ses épaules.

— Viens...

C'était un geste décontracté, amical, rien de plus. Chiara en avait conscience. Mais elle sentit son pouls s'accélérer.

— Où ça ? demanda-t-elle avec une feinte désinvolture, en essayant d'ignorer les étincelles qui semblaient crépiter entre eux.

— Nous allons marcher parmi les étoiles, répondit-il.

Elle comprit quelques instants plus tard ce qu'il avait voulu dire. Il l'avait emmenée dans un étroit passage scintillant de petites lumières bleues. Le sol, sous leurs pas, était éclairé de la même façon.

Tandis qu'ils s'engageaient dans le passage, Chiara eut l'impression de se promener dans un ciel nocturne piqueté d'étoiles.

Un petit garçon les dépassa en courant, tout excité.

Quand ils furent au bout du passage, Evan lui adressa un regard éloquent.

— Tu as envie de revenir en sens inverse, n'est-ce pas ?

Ils firent même un autre aller-retour avant qu'elle consente à s'éloigner. Pendant qu'ils regagnaient la place, un arôme suave et fruité vint chatouiller les narines de Chiara. Une fois encore, Evan parut lire en elle.

— Il y a beaucoup de vendeurs de rue, de ce côté. Ils proposent des desserts locaux.

— J'ai toujours de la place pour une friandise, dit-elle.

Dans la zone marchande, où les stands étaient plus alléchants les uns que les autres, c'est devant le glacier que s'étirait la plus longue file d'attente. Ils se laissèrent tenter.

Quand ils eurent acheté leurs glaces, Evan trouva un banc libre, où ils s'assirent pour les déguster.

Un couple âgé qui passait leur sourit, s'arrêtant un instant devant eux. Evan réagit par une inclinaison de tête respectueuse et Chiara, ne sachant que faire, l'imita. Mais le couple ne s'éloigna pas. La femme désigna le sommet du mât et dit quelque chose, puis elle hocha la tête avec enthousiasme. Chiara lui sourit en retour. Pourquoi n'avait-elle pas pensé à apprendre quelques mots de bienvenue en mandarin avant de venir à Singapour ? La plupart des gens, ici, parlaient anglais, mais quelques rudiments étaient toujours appréciés.

— Qu'est-ce qu'elle dit ? demanda-t-elle.

Evan se tourna vers elle. Leurs visages étaient tout proches.

— Elle nous signale que nous sommes sous une boule de gui.

Chiara, figée sur place, ne sut comment réagir. Mais soudain, Evan lui releva le menton. Et, en dépit du bruit et des éclats de voix qui les environnaient, elle oublia tout pour ne penser qu'à cet instant. Elle serrait si fort son cône de glace que c'était miracle s'il ne se brisait pas.

Elle faillit le laisser tomber lorsque les lèvres d'Evan se posèrent sur les siennes, douces et fermes à la fois, tendres, mais aussi exigeantes. Il l'avait embrassée sans réfléchir, peut-être inspiré par la vieille dame, et tandis que sa bouche virile s'attardait sur la sienne, elle se sentit vibrer de désir. Quand, enfin, elle se força à s'écarter de lui, elle prit une profonde inspiration pour se ressaisir. Le couple d'âge mûr n'était plus là.

Leur baiser de comédie avait failli… dégénérer. Pour elle, en tout cas. Et Evan avait dû ressentir la même chose, car il n'avait pas protesté.

8

Que lui était-il donc passé par la tête ?

Il était minuit quand ils regagnèrent l'hôtel, mais Evan se maudissait encore. Il n'aurait jamais dû embrasser Chiara ! Cela ne faisait pas partie du jeu !

Combien de fois s'était-il rappelé, au cours de la soirée, qu'il devait ignorer son attirance pour elle ? Il fallait dire, à sa décharge, que c'était devenu de plus en plus difficile à mesure que l'heure avançait. Il y avait une éternité qu'il ne s'était pas autant plu en compagnie d'une femme. Le plaisir de Chiara dans le restaurant de sushis, son excitation dans le Christmas Wonderland... Son incroyable appétit de la vie n'avait cessé de piquer son intérêt.

Il avait réussi à rester fort pendant la majeure partie du temps, en se répétant qu'elle n'était là qu'une employée. Jusqu'au moment où le destin s'en était mêlé. La vieille femme avait dû penser que Chiara et lui étaient en couple, mais cela ne pouvait excuser le fait qu'il l'ait embrassée. Il devait tenter de corriger le tir, de retrouver ce sentiment de camaraderie facile qui était le leur jusqu'à ce baiser. Et il devait y parvenir avant le mariage de Louis !

Il faudrait crever l'abcès et reparler de ce baiser, mais cela attendrait. Il avait un autre problème à régler. Quand son assistante avait réservé ici, plusieurs semaines auparavant, il n'y avait pas eu besoin d'une chambre supplémentaire ou d'une suite avec deux lits. Les chances qu'il y ait des chambres libres dans un hôtel tel que celui-ci, à Noël, étaient proches de zéro... Rien à faire – il devrait dormir sur le canapé. Comme à point nommé, Chiara étouffa un bâillement.

— Je crois que j'ai mon compte pour aujourd'hui. Je peux prendre la couverture et l'oreiller en trop, dans la chambre ?

Croyait-elle vraiment qu'il allait la laisser dormir sur le canapé ici ? Mais pour quel genre d'homme le prenait-elle ?

Avant qu'elle ait fait plus de deux pas vers la chambre, Evan la retint par le bras.

— Je vais les chercher pour m'installer ici.

— Oh ! non ! fit-elle avec véhémence. Pas question !

Elle paraissait déterminée. Quant à lui, il se sentait offensé qu'elle le juge capable d'accepter de la laisser passer la nuit dans un tel inconfort. Si coûteux et luxueux que fût le canapé, ce n'était pas un matelas.

— J'ai dormi dans de bien plus mauvaises conditions, Chiara.

Elle leva les mains, sans le laisser poursuivre, puis, le prenant par surprise, elle se laissa tomber sur le canapé, où elle s'allongea.

— Je refuse de quitter ce sofa ! dit-elle en prenant un coussin de dossier pour le caler sous sa tête. Voilà, c'est parfait. Mais j'aimerais avoir une couverture.

Là-dessus, elle ferma les yeux et fit semblant de ronfler. Très fort. Partagé entre le rire et l'agacement, Evan se dit qu'elle était aussi têtue que lui. Inutile d'insister !

Il alla prendre une couverture et un oreiller. Quand il revint, Chiara avait toujours les yeux clos. Il glissa l'oreiller sous sa tête en échange du coussin, puis remonta sa couverture. Obstinée, elle ne consentit même pas à ouvrir les yeux. Il la contempla quelques instants, convaincu qu'elle n'avait pas pu tomber aussi vite dans les bras de Morphée. Elle devinait sans doute qu'il la fixait, mais c'était plus fort que lui…

Elle avait des pommettes délicates, des cils noirs et fournis, une chevelure ondulée en désordre après cette journée animée. La description qu'il aurait donnée de la beauté ne correspondait pas à cette vision. Pourtant, elle était belle. S'il avait été poète au lieu de faire du codage numérique, il aurait pu composer bien des versets à la louange de Chiara Pearson.

Quelle pensée extravagante !

Il détestait la laisser là, mais il n'avait pas le choix : il devait se retirer.

— Merci ! lança-t-elle dans son dos alors qu'il prenait enfin le chemin de la chambre à coucher.

Deux heures plus tard, il en était encore à se tourner et se retourner dans son lit, incapable de dormir. C'était ridicule, à la fin !

Retournant dans la pièce à vivre, il s'approcha du canapé où Chiara reposait, le souffle régulier. Elle avait repoussé la couverture, et il vit qu'elle avait mis un débardeur et un short. Ne voulant pas la faire sursauter, il chuchota son prénom. Elle s'éveilla juste assez pour marmonner un « mmm » ensommeillé en guise de réponse.

— Ce n'est que moi, dit-il à voix basse.

Sans hâte et en douceur, il la souleva dans ses bras et la porta jusqu'au lit. Après l'avoir installée sur le matelas et couverte, il se tourna pour revenir jusqu'au canapé.

Elle lui saisit la main avant qu'il ait pu faire un pas.

— Reste.

Il se figea. Le mot avait été nettement prononcé, mais elle était à peine réveillée.

— Evan, s'il te plaît ! Ce lit est très grand. Il n'y a aucune raison pour que tu partes.

Là-dessus, elle marquait un point. Le lit était immense. Ils pouvaient y éviter tout contact physique. Et il avait certes besoin de repos avant le mariage du lendemain. Avec un soupir, il contourna le lit et se glissa dedans. Pas de problème, en effet. Un mètre de distance les séparait.

Quand il se réveilla le lendemain, Chiara était blottie contre son torse, endormie, et il la tenait enlacée. Chiara se réveilla en sursaut dès qu'elle sentit bouger Evan. Elle n'aurait pas dû sentir sa présence. Or, non seulement ils se retrouvaient côte à côte, mais elle était entre ses bras. Elle s'était rapprochée de lui dans son sommeil !

Était-il réveillé ? S'il dormait encore, elle pouvait peut-être préserver sa fierté en se libérant de son étreinte sans qu'il soit averti de leur proximité. Mais comment diable allait-elle y parvenir ?

Pendant un bref instant de folie, elle voulut faire semblant de n'être pas réveillée. Pour avoir l'excuse de rester blottie dans la chaleur d'Evan, le dos contre son torse nu, enveloppée par ses bras puissants.

Pas de chance. Elle l'entendit s'éclaircir la gorge avant de demander :

— Chiara ? Tu es réveillée ?

La tentation de mentir faillit l'emporter.

— À l'instant. Bonjour, ajouta-t-elle.

— Bonjour, répondit-il.

Puis, après les secondes les plus gênantes qu'elle ait jamais vécues, il s'écarta d'elle.

— Je vais nous commander un petit déjeuner. D'accord pour des viennoiseries ?

Chiara hocha la tête, le fixant en silence. Il n'était vêtu que d'un pantalon de pyjama fluide, qui semblait avoir été taillé pour lui. Elle n'avait jamais pensé qu'on pouvait faire des pyjamas sur mesure.

— Des viennoiseries ? Oui, super. Et du café, s'il te plaît.

— Ça va de soi ! lança-t-il par-dessus son épaule, quittant la pièce.

Après leur baiser incroyable de la veille, puis un réveil de couple en lune de miel, ils avaient peut-être besoin de parler, songea-t-elle. Mais ce n'était pas elle qui aborderait le sujet. Elle ne saurait pas par où commencer.

Elle s'attarda dans la tiédeur du lit, sous les couvertures. Parce que c'était le lit le plus confortable où elle ait jamais dormi, mais aussi pour tenter de mettre un peu d'ordre dans ses pensées… et ses émotions. Il était évident qu'elle et Evan avaient de l'attirance l'un pour l'autre. Les quinze jours à venir seraient bien longs s'ils ne reconnaissaient pas, d'une façon ou d'une autre, cette réalité. En fait, elle avait pour lui plus d'attirance qu'elle n'en avait jamais éprouvé pour un autre homme.

Une pensée perturbante s'immisça dans son esprit. Et si cet élan n'était pas partagé ? Cela expliquait peut-être qu'Evan ait si vite quitté la chambre : elle l'avait mis mal à l'aise en venant se blottir contre lui.

Mais le baiser ? Ce n'était pas elle qui l'avait initié, mais lui.

Mortifiée, Chiara laissa échapper un gémissement. Cependant, l'arôme alléchant du café frais lui insuffla le courage d'aller retrouver Evan. Il se tenait devant le plan de travail, occupé à disposer le petit déjeuner. Il n'était plus torse nu, heureusement ! Il avait passé un T-shirt moulant à peine moins troublant, car il mettait en valeur son torse musclé et ses bras bien bronzés.

— Tu arrives au bon moment, lui dit-il. Le garçon d'étage vient de passer. On avait parlé de viennoiseries, mais je me suis permis de te commander aussi des œufs mollets et des toasts.

Elle inspira, humant les odeurs alléchantes qui flottaient dans l'air.

— Hum, ça sent divinement bon ! Merci.

Evan savait mieux qu'elle ce dont elle avait envie ! Il lui servit du café bien chaud et lui tendit le gobelet tandis qu'elle s'installait sur un des tabourets, au comptoir.

Après avoir avalé une grande gorgée de café pour se donner du courage, elle s'éclaircit la gorge.

— Euh… et merci aussi pour… enfin, avoir partagé ton lit.

Seigneur ! Ce qu'elle pouvait être maladroite !

— Tu avais raison. C'est un grand lit.

— Quand même. C'était gentil de ta part de venir me chercher.

— De rien, dit Evan, qui prit une fourchette et s'attaqua à son petit déjeuner.

— Je suis désolée. J'ai tendance à me pelotonner.

Il la fixa.

— Pelotonner ? répéta-t-il, sans comprendre

— Quand je dors. J'aime me blottir contre quelque chose. À la maison, je dors avec un grand nounours.

— Ah ? fit-il, haussant les sourcils.

— Je crois que… c'est ce qui s'est produit cette nuit, lâcha-t-elle.

— Je vois.

Il y eut un silence embarrassé. Génial ! Dans ses efforts pour s'expliquer, elle avait accentué le malaise. Il fallait changer de sujet, et vite !

— Je suis très impatiente à l'idée de rencontrer tes amis, au mariage.

C'était un mensonge. L'adjectif « anxieuse » aurait été plus approprié.

— Et tes parents, ajouta-t-elle.

Autre mensonge.

En voyant Evan se tendre soudain, elle se dit qu'elle avait touché un point sensible.

Il se passa la main dans les cheveux.

— Écoute, dit-il, il y a une chose que tu dois savoir.

Elle sentit croître son appréhension. Que lui avait-il caché ?

— En fait, nous ne nous sommes guère parlé ces dernières années, mes parents et moi.

C'était donc ça ? Elle comprenait, son désir de voyage l'ayant tenue éloignée de son père et de son frère pendant plus de deux ans. En revanche, elle leur avait parlé presque chaque jour. Elle avait le sentiment qu'Evan ne pouvait pas en dire autant de ses parents. Et s'il avait eu des frères et sœurs, il les aurait déjà mentionnés.

— Oh ! parce que tu étais trop pris par le lancement de ton application et de ton entreprise ?

— Si on veut, oui.

— Tu dois avoir hâte de les revoir, alors ?

Evan garda le silence, et consulta sa montre.

— Je me suis habitué à ne pas les voir, dit-il enfin. Il y a des années, maintenant, qu'ils ne font plus partie de ma vie.

Chiara avait du mal à concevoir cela. Comment pouvait-on se couper ainsi de ses parents ? Elle aurait tant aimé pouvoir passer ne serait-ce qu'une heure avec sa mère !

— Il y a une raison à cette rupture ?

Même si cela ne la regardait pas, en tant que fiancée, même d'opérette, elle devait disposer de quelques éléments. Comment était-elle censée réagir si le sujet était abordé ?

Il haussa les épaules.

— Nous n'avons jamais été très proches, de toute façon.

— Pas même quand tu étais tout petit ?

Evan secoua la tête.

— Non. C'étaient surtout les nounous et les précepteurs qui s'occupaient de moi.

Chiara sentit son cœur se serrer en imaginant le petit garçon qui avait grandi auprès de parents froids et si distants.

— Voilà, tu es au courant de tout, ajouta Evan.

Elle en doutait. Mais comment se comporter en conséquence ? Il semblait y avoir quelque problème irrésolu entre Evan et ses parents, et cela ne manquerait pas de provoquer des retrouvailles inconfortables. Evan consulta sa montre et se leva.

— J'ai rendez-vous bientôt. Je vais me doucher, ensuite, la salle de bains sera toute à toi. Bon appétit !

— Merci, je saurai en profiter, dit-elle alors qu'il quittait la pièce sans même un regard en arrière.

Un mensonge de plus. Car elle avait perdu tout appétit.

Troublé, Evan franchit la porte à tambour de l'hôtel et s'engagea sur le trottoir. Quand il s'était réveillé, cette nuit, et avait senti Chiara pelotonnée contre lui, il avait voulu quitter la chambre pour aller dormir sur le canapé. Mais elle avait niché la tête sous son menton, s'était lovée plus près encore et tout à coup, il avait ressenti plus que de la tentation. Un bien-être absolu.

Il y avait une éternité qu'il n'avait éprouvé cela. Mais ce matin, sa conversation avec Chiara au sujet de ses parents avait fait resurgir les fantômes du passé.

Soudain, son mobile vibra dans sa poche, et il sourit

en découvrant sur l'écran la photo de son interlocuteur. Il s'arrêta et prit la communication.

— Quel honneur ! Qu'un ami vous appelle le jour de son mariage… Tu ne devrais pas être occupé à répéter la cérémonie, ou quelque chose de ce genre ?

Le rire de Louis résonna à l'autre bout du fil.

— Je voulais prendre des nouvelles. Tu sais bien que tu aurais été mon témoin, si je n'avais pas un frère jumeau.

— Et j'en aurais été très honoré. Désolé d'avoir manqué tes fiestas d'enterrement de vie de garçon. Je suis débordé.

— Il n'y a pas de souci. Ce n'est que partie remise.

— Quand tu voudras ! dit Evan. Comment va ta belle fiancée ? Elle n'a pas changé d'avis ?

— Gemma ? Tu veux rire !

— Tu as de la chance.

— À qui le dis-tu ! Elle m'a parlé de toi, hier.

— Ah bon ? À quel propos ?

— La fille de son manager sera au mariage. Nous avons pensé…

— Je t'arrête tout de suite, coupa Evan avant de se laisser entraîner dans un quelconque traquenard.

— Laisse-moi finir ! Tu ne peux pas rester célibataire toute ta vie !

— Ce n'est pas ça…

Les choses étaient allées si vite ! Evan n'avait pas eu le temps d'informer son ami qu'il amènerait quelqu'un à la noce, espérant le convaincre quand il lui apprendrait la nouvelle. Ce ne serait pas facile, car Louis ne le connaissait que trop bien.

— J'ai une nouvelle à t'apprendre…

9

Serait-elle crédible en fiancée du flamboyant Evan Kim ?

Chiara s'examina dans le miroir, et prit une profonde inspiration pour soulager ses nerfs mis à l'épreuve. La robe délicate, en soie et dentelle, épousait joliment ses formes, et la couleur flattait son teint. Elle avait coiffé ses cheveux en un chignon juste assez apprêté pour un mariage dans la haute société. Du moins, elle l'espérait.

Incarnait-elle ce qu'elle prétendrait être tout à l'heure ? Un coup frappé à la porte lui rappela qu'il était trop tard pour avoir des doutes. L'heure était venue de partir.

— Oui ?

Evan passa une tête dans l'entrebâillement de la porte.

— Puis-je entrer ? Es-tu prête ?

— Aussi prête qu'on peut l'être, répondit-elle.

Il entra, et elle ne put retenir un soupir étranglé en le voyant. En smoking noir, il semblait tout droit sorti d'un film d'espionnage. Mais il était bien réel. Et d'une beauté ravageuse. La teinte sombre du costume mettait en valeur ses yeux noirs. Il était rasé de près et ses cheveux de jais avaient un singulier éclat. Il incarnait à la perfection l'homme d'affaires qui a réussi – ce qu'il était, en fait.

En voyant l'admiration dans son regard, elle sentit le souffle lui manquer.

— Waouh ! lança-t-il après un silence tendu. Tu es superbe.

Elle n'aurait pas su définir ce qui passait entre eux en ce moment, mais elle était sûre que si elle avait cédé à l'élan qui la poussait vers lui à cet instant-là, Evan y aurait répondu.

Cette pensée lui mit le feu aux joues.

De son côté, Evan continuait à la contempler fixement, tandis que des pensées folles lui traversaient l'esprit. Pourquoi ne pas suivre son désir ? Serait-ce si mal, si elle s'approchait de lui et penchait son visage vers le sien ? L'embrasserait-il alors ?

Il finit par s'éclaircir la gorge, baissa les yeux. Le charme était rompu. En elle, le soulagement et la déception se mêlèrent.

Interrompant ses pensées, Evan sortit un écrin noir de sa poche.

— Voici le véritable motif de ma sortie, tout à l'heure, dit-il. Nous sommes fiancés, après tout.

Le souffle lui manqua quand elle comprit ce qu'il s'apprêtait à faire. Un homme allait lui offrir une bague de fiançailles ! Mais ce n'était que du cinéma. Une mascarade. Elle n'était pas réellement fiancée à Evan. Ce moment ne signifiait rien. Pour lui, en tout cas.

Et pourtant, elle étouffa un soupir quand il ouvrit l'écrin. Sur du satin crème reposait un délicat anneau en platine orné d'un diamant taille émeraude entouré de saphirs. C'était la plus belle pièce de joaillerie qu'elle ait jamais vue.

— Elle sera peut-être un peu serrée, dit Evan. Dans le doute, j'ai préféré éviter de la choisir trop grande.

Pendant un instant, elle ne put que fixer l'œuvre d'art qu'il lui présentait.

— Tu as bien fait, dit-elle enfin, le cœur battant si fort qu'elle s'entendait à peine parler. Mais comment… ?

Quand avait-il commandé une bague sur mesure ?

— J'ai demandé qu'elle soit réalisée au plus vite dès que tu as dit oui, à Bali, avoua-t-il.

Ce bijou avait dû lui coûter une fortune. En silence, il lui prit la main gauche. Elle se concentra sur le geste, sur la scène qu'elle était en train de vivre : Evan glissant l'anneau à son doigt ; sa grande main virile enveloppant la sienne, plus petite ; l'éclat des trois pierres...

Elle aurait presque pu se convaincre que tout était authentique. Que cet homme sexy l'avait réellement demandée en mariage, et qu'ils étaient à l'aube d'un avenir radieux. Qu'il était amoureux d'elle autant qu'elle l'était de lui...

Seigneur ! Elle éprouvait vraiment des sentiments pour lui !

Chiara prit une profonde inspiration. Evan lui avait passé au doigt un accessoire, rien de plus ! Certes, il l'avait choisi avec soin, en harmonie avec la couleur de ses yeux. Mais au bout du compte, ce n'était qu'un détail de plus dans ce scénario de mensonges...

— Nous devrions partir, lui dit-il en lui prenant doucement la main. L'hélicoptère nous attend sur le toit. Tu voudras peut-être emporter une écharpe. Pour tes cheveux. Il pourrait y avoir du vent.

— Nous allons au mariage en *hélicoptère* ?

Il lui adressa un sourire malicieux.

— Nous aurions quelque mal à nager jusque là-bas.

— Evan !

— Oh ! je ne t'ai pas dit ? ajouta-t-il avec un sourire plus large encore. La cérémonie et la fête ont lieu sur une petite île, au large !

En effet, quand ils atteignirent le dernier étage de l'immeuble, Chiara entendit le vrombissement d'un moteur. Quelques marches les menèrent sur le toit, où les attendait un appareil fuselé semblable à un gros insecte. Elle eut un peu l'impression de tourner une scène de film d'espionnage.

Evan lui remit un casque antibruit alors qu'ils s'installaient à bord. Il dit au pilote quelque chose qu'elle ne comprit pas, et bientôt, ils s'élevèrent dans les airs.

Elle se cramponna à son siège, sur le qui-vive. Elle ne savait pas où poser les yeux, tandis qu'ils volaient au-dessus de l'hôtel et des tours avoisinantes. Tout en bas, elle distingua le Christmas Wonderland qu'ils avaient visité la veille. Bientôt, ils survolèrent le Merlion, la grande fontaine à tête de lion et corps de poisson qui déversait majestueusement ses flots. La Singapore Flyer, une impressionnante grande roue, dominait l'ensemble.

Elle regarda Evan, assis en face d'elle. Appréciait-il la vue lui aussi ? Elle constata avec surprise qu'il ne la regardait pas. C'était *elle* qu'il fixait. Et l'expression de son regard était très proche de celle qu'il avait eue tout à l'heure, dans la chambre.

Levant la main, il fit mine de prendre une photo d'elle. Le bruit du moteur était trop fort pour qu'elle puisse expliquer qu'elle n'éprouvait pas le besoin de sortir son mobile pour capturer cet instant. Elle avait accumulé assez de clichés et de vidéos pour se remémorer chaque détail de ce voyage. De toute façon, rien de tout ceci ne risquait de s'effacer de sa mémoire !

Des années après qu'ils se seraient dit adieu, et qu'elle aurait repris sa vie à New York, ce souvenir resterait un grand moment. Inoubliable.

Evan n'arrivait pas à détacher son regard de Chiara. Il s'aperçut qu'il n'était pas seul dans ce cas alors qu'ils roulaient sur la plage, vers la foule déjà amassée devant une grande cascade entourée d'un jardin tropical. L'hélicoptère s'était posé à quelques centaines de mètres du lieu où se déroulerait la noce. Un buggy à deux places mené par un conducteur en habit de cérémonie les avait emmenés pour la fin du voyage.

Louis et Gemma avaient déployé les grands moyens ! Il faudrait qu'il prenne des notes pour le jour où il…

D'où sortait cette idée ? Il n'était pas près d'organiser une réception de mariage. Il n'était pas fait pour les relations au long cours, de toute façon. Il n'arrivait même pas à faire la paix avec ses parents. Quant à la seule personne dont il ait jamais été proche… Eh bien, elle était partie pour de bon.

Il aimait son existence solitaire. Mais il devait faire croire le contraire jusqu'à ce qu'il obtienne des signatures au bas d'un contrat.

D'abord, il devait assister à ce mariage, et jouer son rôle d'amoureux transi. En regardant Chiara, qui marchait à côté de lui, il devait bien admettre que la comédie serait plus facile qu'il ne l'aurait cru. Il n'avait pas exagéré en lui disant qu'elle était superbe. Sa robe mettait en valeur l'azur éclatant de ses yeux, et le tissu de soie épousait ses courbes parfaites. Sa coiffure était à la fois élégante et décontractée. Il brûlait d'envie de dénouer le nœud de ruban, de glisser les doigts dans ces mèches folles. Puis, il ferait glisser sur ses épaules les fines bretelles, et…

Arrête, bon sang !

C'était à croire qu'il était fou d'elle, non ?

Il n'arrivait pas à s'expliquer ce qui ne tournait pas rond chez lui. C'étaient sans doute ces circonstances inhabituelles qui suscitaient de sa part un comportement si étrange. Passer une bague de fiançailles au doigt d'une femme avant de l'accompagner à un mariage romantique aurait désarmé n'importe quel homme ! Et il n'était qu'un homme, après tout.

Ils approchaient des sièges qui leur étaient attribués quand il entendit un appel, derrière lui. C'était Louis, à coup sûr. Se retournant, il vit qu'en effet son ami se dirigeait vers eux. Il les rejoignit et le serra chaleureusement dans ses bras.

— Tu ne devrais pas être ailleurs ? Que fais-tu ici ? demanda Evan, taquinant son ami le plus cher.

— Il fallait que je voie de mes propres yeux celle qui a enfin réussi à t'éloigner de tes serveurs informatiques !

Il se pencha vers Chiara et lui chuchota en lui tendant la main :

— Vous êtes sûre de savoir dans quoi vous vous embarquez ?

Chiara répondit par un rire, et le salua.

— Je crois, oui. C'est un plaisir de vous rencontrer, Louis. Félicitations !

— Merci d'être venue. J'espère que vous passerez un bon moment.

Louis donna un léger coup d'épaule à son ami, en enchaînant :

— Toi aussi. Et je veux savoir comment tu as réussi à prendre cette beauté dans tes filets.

— Dis donc, tu ne devrais pas être devant l'autel, là ?

— Tu as raison, acquiesça Louis. Bon, nous rattraperons le temps perdu à la réception. Vous serez à la table d'honneur, tous les deux.

Là-dessus, il repartit hâtivement dans la direction d'où il était venu.

— C'était du cinéma, dit Evan en regardant s'éloigner son ami. Ne te laisse pas abuser par son attitude désinvolte. Il est aussi nerveux que... eh bien, qu'un homme qui s'apprête à prononcer des vœux devant des centaines de gens. Il avait besoin d'une... distraction.

— Tu lui en as offert une ! En amenant une fiancée inconnue à son mariage.

— Je crois bien que oui !

— Tu le connais bien, à ce que je vois.

Mieux que quiconque. Evan ne savait pas ce qu'il serait devenu sans l'amitié de Louis, au fil des ans. Il faudrait qu'il en parle à Chiara, un jour.

— On se connaît depuis tout petits, répondit-il en la conduisant vers leurs places.

En chemin, il salua d'un signe de tête diverses connaissances. Sans surprise, son nom figurait sur deux chaises au premier rang, près de la cascade.

— Oh ! quel beau décor pour un mariage ! souffla Chiara, près de lui.

— C'est Gemma qui l'a choisi, je suppose. Je suis certain que Louis aurait été heureux de se marier à Maui ou Las Vegas.

Mais les parents de Louis auraient été horrifiés que leur fils choisisse un tel endroit. Son ami s'était donc gardé de l'envisager. Contrairement à Evan lui-même, Louis était l'enfant prodigue, le fils chéri de ses parents.

À cette pensée, Evan sentit une étrange tension l'envahir. Et il perçut leur présence avant même de les voir. L'air qu'il respirait semblait s'être épaissi, et un fardeau peser sur ses épaules. Il les repéra aussitôt, en train de s'asseoir au premier rang eux aussi, mais à l'autre extrémité.

Son père et sa mère venaient d'arriver.

Chiara sentit qu'Evan s'était raidi, à côté d'elle. D'un instant à l'autre, il était passé de l'insouciance à l'angoisse. Elle n'aurait pas le loisir de lui demander pourquoi, car un quatuor à cordes installé près de l'estrade commençait à jouer.

Louis fit son apparition, avec un homme qui lui ressemblait

étonnamment, exception faite de la couleur de ses cheveux. Ils se placèrent sur le côté de l'estrade.

Chiara examina les alentours de l'étang, cherchant à déterminer où apparaîtrait la mariée. Il ne semblait pas y avoir de chemin d'accès proche de la cascade. Comment une future mariée en robe longue et talons pourrait-elle traverser toute cette étendue de sable ?

Soudain, bouche bée, elle remarqua une colonne brumeuse, derrière la cascade. Un instant après, les eaux se séparèrent, tels des rideaux de théâtre se repliant de chaque côté d'une scène. La future mariée avança, au bras d'un homme d'âge mûr en smoking blanc. Un chemin pavé menait jusqu'à l'estrade. Alors, Louis adressa un signe de tête à son aîné, puis prit la mariée par la main.

— Incroyable ! murmura Chiara à l'oreille d'Evan. Je n'ai jamais rien vu de tel. Cela a dû demander un planning méticuleux.

Et coûter une fortune, ajouta-t-elle en son for intérieur. Soudain, elle se sentit mal à l'aise, et guère à sa place. Que faisait-elle ici ? Les gens qui l'entouraient avaient les moyens et les ressources pour réaliser de telles prouesses. Sa propre famille avait plutôt bien réussi, à New York. Mais là, on jouait dans la cour des grands !

Chiara prit une profonde inspiration. Si, elle était capable de tenir le rôle pour lequel on l'avait engagée ! De toute façon, elle ne pouvait pas revenir en arrière.

La cérémonie fut à la fois simple et touchante. Même s'ils étaient au centre de l'attention, Louis et sa fiancée semblaient n'avoir d'yeux que pour eux-mêmes. Leur amour irradiait, les enveloppant d'une sorte d'aura, et Chiara se surprit à soupirer. Connaîtrait-elle un jour un amour comme celui-là ? Un amour qui, de toute évidence, transcendait tout ?

Un homme la regarderait-il un jour comme Louis regardait celle qui était maintenant sa femme ?

Cependant, était-ce vraiment ce qu'elle voulait ? Elle pensa à son père, qui avait eu le cœur brisé après avoir perdu la femme de sa vie. Prendrait-elle le risque de souffrir ainsi ?

Lentement, son regard se porta sur Evan, près d'elle. Ses traits s'étaient adoucis, il avait les épaules moins tendues, se tenait moins raide sur son siège. La tension qu'elle avait perçue en lui semblait avoir diminué. Sur lui non plus, la cérémonie n'était pas restée sans effet, songea-t-elle.

Quels vœux Evan aurait-il prononcés envers sa bien-aimée ?

Chiara ferma les yeux, refoulant cette interrogation. Elle n'avait pas à se poser de telles questions au sujet d'Evan ! Ne venait-elle pas d'avoir un témoignage éloquent du gouffre qui les séparait ? Evan n'était que de passage dans sa vie, comme elle dans la sienne. Un homme qui avait simplement trouvé le moyen de l'aider à rentrer chez elle pour Noël, en échange d'un… service. Une fois qu'elle lui aurait rendu la bague qu'elle portait, dans deux petites semaines, elle oublierait son existence.

Comme si Evan Kim était de ces hommes qu'on oublie facilement !

Quand elle rouvrit les yeux, elle tressaillit en voyant qu'il la regardait, et rougit violemment. Avait-il deviné ce qu'elle pensait ? C'était une idée mortifiante, et elle se força à détourner le regard.

Elle fut surprise encore quand il lui saisit la main pour la poser sur ses genoux. Le souffle coupé, elle sentit une vague de chaleur la parcourir. Inclinant la tête, Evan désigna la femme qui, à quelques sièges de là, les fixait, bouche bée.

Chiara se serait volontiers giflée. La réaction qu'elle venait d'avoir quand il l'avait touchée était stupide ! S'il lui avait pris la main, ce n'était que pour la galerie. Qui que fût cette femme, il voulait la convaincre qu'ils étaient ensemble. Rien de plus.

Elle avait été folle de s'imaginer autre chose, ne fût-ce qu'un instant.

10

Chiara applaudit aussi fort que toutes les personnes présentes, lorsque le couple de jeunes mariés échangea un baiser. Elle avait le sentiment d'avoir vécu un moment hors du temps, aussi doux qu'un rêve...

Evan lui donna un léger coup d'épaule.

— Viens ! Allons manger. Je meurs de faim.

La femme qui les avait fixés pendant la cérémonie les aborda avant qu'ils aient atteint le buffet.

— Evan. Il y a si longtemps ! Comment vas-tu, mon cher ? dit-elle en se tournant vers Chiara sans attendre de réponse. Et qui est donc cette charmante jeune femme ?

Evan accueillit la nouvelle venue avec un grand sourire.

— C'est un plaisir de te voir, Marilyn. Puis-je te présenter ma fiancée ? Chiara Pearson. De New York.

Si leur interlocutrice fut troublée par cette nouvelle, elle n'en laissa rien paraître. Elle toucha plus qu'elle ne la serra la main de Chiara.

— Enchantée de vous connaître...

— Félicitations, dit Marilyn. Je suis heureuse pour vous.

Chiara n'aurait pas su dire si cette déclaration était sincère, car Marilyn était indéchiffrable.

— Marilyn dirige le secteur achat de Fruitland, lui expliqua Evan.

Fruitland était une plate-forme d'importance majeure, où l'on pouvait télécharger pratiquement toutes les applications existantes. Les gens importants qu'Evan espérait convaincre étaient présents ici, et rien n'échappait à leurs regards.

C'était le moment de jouer le jeu sans rien trahir.

— La famille de Chiara gère la chaîne hôtelière Grand York, à New York. Nous nous sommes connus quand elle m'a servi d'interprète dans une réunion d'affaires.

Il était compréhensible qu'il la présente ainsi. Non comme la femme de chambre qu'il avait rencontrée quelques jours plus tôt, mais comme une héritière, quelqu'un du même monde que lui, en somme.

Marilyn renouvela ses félicitations avant de s'éloigner. Evan fut alors arrêté par plusieurs autres personnes tandis qu'ils traversaient la foule, et Chiara avait les muscles du visage crispés à force de sourire, à mesure qu'il la présentait à ceux qui les abordaient. Tous semblaient surpris par la nouvelle de ses fiançailles.

Enfin, ils atteignirent la table où les tout jeunes mariés venaient de prendre place. Louis se leva aussitôt et les rejoignit.

— Chiara, permettez-moi de vous présenter ma femme, dit-il en la prenant par le bras.

Après les présentations, Chiara voulut serrer la main de Gemma, mais au lieu de ça, elle se retrouva prise dans une étreinte chaleureuse.

— C'était une entrée spectaculaire ! dit-elle.

Gemma porta la main à son cœur.

— Vous avez trouvé ça trop spectaculaire ?

— Pas du tout ! Une femme a droit à une entrée en grande pompe, à son mariage.

Gemma sourit.

— Je me suis beaucoup tourmentée à ce sujet. Je voulais seulement que Louis en ait le souffle coupé, dit-elle en baissant les yeux.

C'était réussi. Chiara elle-même avait été sidérée par l'apparition de Gemma et de son père à travers le rideau d'eau de la cascade, avant qu'elle rejoigne son fiancé.

— Je suis sûre qu'il aurait été stupéfait de toute façon, dit-elle.

Gemma lui prit la main entre les siennes et la serra.

— Je crois que nous allons nous entendre merveilleusement bien, Chiara Pearson.

Il y avait une émotion sincère dans les yeux de la jeune femme, et Chiara en eut la gorge serrée. Soudain, elle avait l'impression d'être une menteuse. Une usurpatrice. Si Gemma savait qu'elle lui jouait la comédie !

Même si elle venait seulement de lui être présentée, Chiara avait honte de trahir sa confiance. Elle espéra que lorsque tout ceci serait terminé, Gemma et Louis comprendraient et lui pardonneraient.

Peut-être descendraient-ils au Grand York, un jour. Et elle pourrait alors tenter de s'expliquer. Elle adorerait avoir une chance de se racheter.

Evan regarda les couples qui, peu à peu, gagnaient la piste de danse. C'était le moment ou jamais de sortir le grand jeu. Un homme se devait de danser avec sa fiancée, non ?

Il patienta tandis que Chiara avalait une bouchée de curry de poisson. Elle prenait le temps de savourer chaque plat, et appréciait visiblement le menu. En fait, la voir manger avait un drôle d'effet sur sa libido. Pitoyable !

Enfin, elle posa sa fourchette, et il lui parla à l'oreille pour couvrir le son de l'orchestre.

— M'accorderais-tu une danse ?

Elle bondit de son siège.

— J'ai cru que tu ne me le demanderais jamais ! dit-elle avec une joie non feinte. Ils jouent des morceaux que j'adore ! Amusé par sa réaction, Evan l'entraîna loin des dîneurs et gagna la plage, où la fête battait son plein.

— Je n'ai jamais vu autant de musiciens à un mariage, observa Chiara, la main dans celle d'Evan.

— Gemma connaît beaucoup de musiciens, de par son métier.

— C'est juste. J'avais presque oublié que la mariée était une concertiste mondialement connue ! Je me doute que les autres invités ont eux aussi des carrières exceptionnelles !

Evan ne voyait pas où elle voulait en venir. Mais il se garda de mentionner la présence de deux diplomates parmi eux. Sans parler de ses parents !

— Viens que je te fasse la démonstration de mon talent ! lança-t-il à la place.

Malicieux, il la fit tournoyer trois fois avant d'évoluer avec elle au rythme de la musique entraînante. Le rire de Chiara était contagieux. Il n'avait jamais pris tant de plaisir à danser ! Si toutefois ça lui était déjà arrivé un jour !

— Tu sais que tu danses bien pour un geek, dit-elle en se lovant contre lui.

Il hocha la tête.

— J'accepte le compliment. Tu n'es pas mal non plus.

Soudain, sans transition, le groupe se mit à jouer un slow. Chiara jeta des regards inquiets autour d'elle, puis leva vers Evan des yeux interrogateurs. Sans y penser, il l'attira à lui et posa les mains sur ses hanches. Pendant quelques instants, ils évoluèrent à l'unisson.

— Ça fonctionne super bien, lui murmura-t-il pour la rassurer. Nous avons capté l'attention des gens qu'il faut.

Et l'annonce de nos fiançailles à Marilyn Tamin portera ses fruits, j'en suis sûr.

Chiara se raidit dans ses bras et s'écarta légèrement.

— J'en suis ravie, dit-elle après un long silence.

Au milieu de la chanson suivante, elle se libéra de son étreinte.

— Je crois que j'ai assez dansé. J'ai soif.

Se faisait-il des idées, ou avait-elle durci le ton ? Elle devait être fatiguée.

— Allons te chercher un verre, alors, dit-il en l'enlaçant. Il y a un bar pas loin.

— Un peu d'eau suffira. J'ai bu plusieurs verres de vin au dîner. Je suis plus mesurée, d'habitude.

— Ne sois pas si dure avec toi-même ! Tu as besoin d'un petit remontant pour entrer dans la peau de ton per…

Il ravala ce dernier mot alors qu'une femme apparaissait devant eux. Vêtue d'une robe de soie grise qui avait dû coûter une fortune, elle ne prononça pas un mot. De fines rides marquaient le coin de ses yeux et de ses lèvres, mais elle n'avait pas beaucoup changé depuis la dernière fois qu'il l'avait vue. Elle avait toujours pris grand soin d'elle, entretenant sa peau avec une méticulosité rigoureuse.

Evan maudit le timing qui le prenait au dépourvu. Mais au fond, ce n'était pas plus mal. Il n'allait pas pouvoir éviter ses parents pendant toute la durée du mariage. Autant en finir une bonne fois pour toutes.

Il planta ses yeux dans les siens.

— Bonjour, maman…

Près de lui, Chiara laissa échapper un soupir étranglé.

— Chiara, je te présente ma mère, Luann Kim.

Aussitôt, Chiara fit un pas en avant, la main tendue. Luann la lui serra à peine avant de laisser retomber son bras.

— Maman, voici Chiara Pearson, ma fiancée.

— C'est ce que j'ai entendu dire, en effet.

Aucune chaleur ne se dégageait de Luann Kim, constata Chiara. Vraiment aucune. On avait l'impression d'avoir affaire à un bloc de glace. Qu'est-ce qui n'allait pas chez cette femme ? Evan avait dit qu'ils ne s'étaient pas vus depuis des années. Or, voici qu'il lui présentait sa *fiancée* – fausse fiancée, certes, mais la mère d'Evan l'ignorait. Pourtant, de façon stupéfiante, elle ne manifestait pas l'ombre d'une émotion.

— Félicitations pour vos fiançailles, ajouta-t-elle d'un ton parfaitement neutre.

— Merci, répondirent en chœur Chiara et Evan.

— Tu te sens prêt à t'engager, alors, mon fils.

Le ton tenait à la fois du constat et de la question.

En guise de réponse, Evan se contenta de hocher la tête.

— J'espère que ça marchera, reprit Luann en jetant un coup d'œil vers Chiara. Tu n'as certes pas besoin d'ajouter un mariage raté à la liste de tes échecs.

Chiara eut du mal à en croire ses oreilles. Comment pouvait-elle dire ça ? À son propre fils ? Sans réfléchir, elle avança d'un pas, s'interposant entre Evan et sa mère.

— Avec tout le respect que je vous dois, madame, chacun a ses réussites et ses échecs. Très peu d'hommes accomplissent ce qu'Evan a réussi à un si jeune âge.

Elle aurait dû s'en tenir là, mais ce fut plus fort qu'elle et elle ajouta :

— La plupart des mères seraient fières de lui.

Pendant quelques instants, il y eut un silence de plomb, malgré le brouhaha des conversations en arrière-fond.

— Mmm… Vous êtes de New York, c'est ça ? demanda enfin Luann, vaguement accusatrice.

— En effet. Mais je ne vois pas très bien le rapport.

— Il paraît que les New Yorkais ont tendance à dire tout

ce qu'ils pensent. Même ce qu'il vaudrait mieux garder pour soi, dit la mère d'Evan en la toisant.

— Désolée, mais je ne suis pas de cet avis !

— Je n'en doute pas, répliqua l'autre femme avant de tourner les talons.

Chiara sentit un froid glacial envahir tout son corps. Sa première rencontre avec la mère d'Evan avait été un désastre ! Pour ne rien arranger, quelques personnes avaient assisté à la scène. Et l'une d'elles au moins avait pris une photo, elle en était sûre. Mais où donc avait-elle eu la tête ?

Elle était horrifiée par l'impair qu'elle venait de commettre. Elle aurait dû se contenter de sourire et d'exprimer son plaisir de faire connaissance avec la mère de son fiancé. Vraiment, elle n'avait aucune excuse ! Si ce n'est qu'après son slow avec Evan, ce moment où il l'avait tenue enlacée, ondulant avec elle au rythme de la musique, elle avait presque cru que tout cela était bien réel. L'irruption de Mme Kim avait été une véritable douche froide, et elle avait perdu le contrôle d'elle-même.

Chiara risqua un coup d'œil vers Evan. Il avait la mâchoire crispée, les lèvres serrées, un muscle se contractait sur son cou. Mauvais signe !

Elle aurait voulu qu'il dise quelque chose, n'importe quoi, qu'il lui signifie qu'elle venait de commettre une énorme bévue et lui donne le moyen de se rattraper. Devait-elle rattraper sa mère, lui présenter des excuses ?

Il resta si longtemps silencieux qu'elle sentit la panique l'envahir. Si la terre avait pu s'entrouvrir sous elle et l'engloutir, elle n'aurait pas demandé mieux ! Enfin, au moment où elle n'y tenait plus, il pivota sur lui-même en lançant par-dessus son épaule :

— Viens, allons chercher ce verre d'eau ! Boire un coup ne me fera pas de mal non plus !

Elle le regarda s'éloigner, stupéfaite. Alors, il allait faire comme si rien ne s'était passé ? Elle eut sa réponse un instant plus tard, quand elle le rejoignit à l'un des quatre bars installés derrière la piste.

— Marchons un peu, dit-il en lui tendant une bouteille d'eau fraîche, avant de prendre le verre de boisson ambrée que lui tendait un serveur.

Génial ! Evan allait sûrement lui faire des reproches. Quelle que soit leur brouille, Chiara venait d'insulter sa mère. Devant témoins, ce qui était du plus déplorable effet.

Evan l'entraîna vers deux transats, près de l'eau, et abandonna sa veste de smoking sur un dossier. Chiara se débarrassa de ses chaussures, s'assit en repliant les jambes sous elle.

— Evan, commença-t-elle aussitôt pour se défendre, je suis consciente d'avoir dépassé les bornes, et je n'aurais pas dû parler ainsi. Mais sache que je pensais ce que j'ai dit, et…

Il avala une grande gorgée, le regard braqué sur l'horizon.

— Chiara, il n'était pas nécessaire que tu dises quoi que ce soit. Nous jouons ici le rôle d'un couple de fiancés pour que je puisse m'assurer un contrat d'affaires, rien de plus.

Un résumé prosaïque de la situation. Elle en fut plus blessée qu'elle ne l'aurait voulu, au point d'en avoir les larmes aux yeux. Il lui signifiait clairement de se tenir à l'écart de sa vie personnelle.

— En d'autres termes, je dois jouer mon petit rôle sans faire de vagues, c'est ça ?

— Ce n'est pas ce que j'ai dit.

Sans doute. Mais elle savait lire entre les lignes. Soudain, la colère la gagna. Des informations sur la rupture entre Evan et ses parents lui auraient été utiles avant d'assister au mariage et se trouver confrontée à l'un d'eux.

— Tu devrais m'en dire plus afin que ce genre de situation ne se reproduise pas, tu ne crois pas ?

Quand Evan la regarda enfin, son regard était dur et froid. Même s'il lui avait parlé sans trop de brusquerie, elle le voyait contrarié, furieux, même. Oh ! oui, elle avait sans doute plus que dépassé les bornes, cette fois. Personne n'avait jamais dû s'adresser ainsi à Mme Kim ! Elle avait commis un énorme faux pas, et devrait s'excuser. Avec l'aide d'Evan, si possible.

Mais il ne semblait pas prêt à parler.

Tout ceci était surréaliste ! Pour la première fois depuis leur départ de Bali, de véritables doutes lui empoisonnaient l'esprit. En fait, elle perdait pied.

Non, elle ne pleurerait pas ! Même si elle avait bien du mal à refouler ses larmes. Elle ne put cependant pas maîtriser un soupir juste assez fort pour qu'Evan se tourne vers elle. Une expression choquée se peignit sur ses traits, et il laissa échapper un juron.

Déjà, il avait posé son verre et s'était tourné vers elle.

— Oh ! bon sang ! Chiara, je t'en prie, ne pleure pas !

Le voir réagir ainsi accrut encore son malaise. Elle ne voulait pas le culpabiliser.

— Je ne pleure pas ! répliqua-t-elle en mentant.

— Écoute, si ça peut te réconforter, tu as eu tort de parler comme ça et tu t'y es mal prise...

— Et c'est censé me réconforter ? coupa-t-elle.

— Oui, car en dépit de la façon dont tu t'y es prise, personne ne m'a jamais défendu comme ça. Enfin, pas depuis des années. Je n'étais qu'un enfant, à l'époque.

Chiara s'essuya les yeux d'un revers de main.

— Raconte...

— J'avais une nounou, quand j'étais petit. C'était elle

qui s'occupait de moi. Elle a pris ma défense contre mes parents. Plus d'une fois.

— Tu es toujours en contact avec elle ?

— Elle n'est plus de ce monde. Je l'ai perdue il y a des années.

— Je suis désolée.

Avant qu'il puisse répondre, un groupe d'invités surgit en courant sur la plage, à quelques mètres de l'endroit où ils étaient assis. Avec une petite balle en caoutchouc, ils improvisèrent une partie de volley, sans filet et malgré leurs vêtements luxueux. Distraite, Chiara se surprit à rire.

Evan n'était pas aussi amusé qu'elle.

— Viens, trouvons un endroit plus tranquille où nous pourrons discuter.

Elle se pencha pour prendre ses chaussures abandonnées dans le sable, mais il la devança. En se redressant, il éleva une main vers elle, ramena derrière son oreille une mèche vagabonde.

Est-ce sincère ? se demanda-t-elle. Jouait-il la comédie pour les joueurs de volley, ou avait-il réellement envie de la toucher ainsi ? Et si elle éprouvait le besoin de le savoir pour préserver son cœur, que devait-elle en conclure ?

La menant par la main, il la conduisit dans un chemin pavé derrière les arbustes. Chiara découvrit avec surprise, lorsqu'ils eurent dépassé les arbustes buissonnants, des rangées de bungalows.

— Qu'est-ce que c'est ? s'enquit-elle.

— Des abris pour les invités qui désirent passer la nuit ici, après avoir fait la fête jusqu'au petit matin. Ces cabanes sont très bien équipées, des vêtements de rechange au générateur électrique.

Chiara n'avait certes jamais assisté à un mariage de ce genre. Les ultra-riches vivaient dans un autre monde ! Des cabanes sur la plage pour les invités qui n'avaient pas envie de retourner sur le continent dans leurs hélicoptères privés !

La question qui la taraudait lui revint à l'esprit. Que faisait-elle ici ?

— Nous pouvons discuter tranquillement dans l'une d'elles, dit Evan.

Il l'emmena dans une cabane et en referma la porte. Chiara regarda autour d'elle avec stupéfaction. Un lit fait occupait le centre de l'unique pièce. Deux peignoirs et divers vêtements étaient suspendus à un portant, contre un mur. Une porte en osier, en face, menait à un petit cabinet de toilette. Les lieux étaient plus vastes que sa chambre de l'auberge de jeunesse de Bali.

— Ils ont préparé ce mariage pendant près de deux ans, lui expliqua Evan. Écoute, c'est ma faute, ce qui s'est passé tout à l'heure. J'aurais dû te parler un peu de mes parents.

Pensait-il vraiment que c'était le problème ?

— Je ne voulais pas que tu te sentes mal à l'aise, continua-t-il.

D'abord sidérée, Chiara recouvra enfin sa voix.

— Tu crois vraiment que ce que j'ai pu dire à ta mère a un rapport avec notre accord ? Que je faisais du cinéma ?

Il déglutit, puis hocha la tête, même s'il paraissait soudain moins sûr de lui.

— Je vois. Tu considères en fait que je me suis mêlée de ce qui ne me regardait pas. C'est bien ça ?

Serrant la mâchoire, il prononça :

— Chiara…

— Si j'ai réagi ainsi, c'est parce que j'en suis venue à avoir des sentiments pour toi ! lâcha-t-elle. Même si en ce moment, je me demande vraiment pourquoi !

Le dernier mot était sorti tout seul, et elle en fut horrifiée. Mais elle ne se contrôlait plus.

Tout à coup, l'ambiance était électrique. Le regard d'Evan se fit plus sombre.

— Qu'est-ce que tu viens de dire ?

En dépit de son ton agressif, Chiara résolut de tenir bon. Elle avait fait un aveu, et elle s'y tiendrait parce que c'était la vérité. Et tant pis si c'était une erreur !

— J'ai des sentiments pour toi, Evan. J'ignore comment ça s'est produit. Mais entendre les paroles de ta mère m'a choquée. J'ai été navrée que tu aies à les entendre...

En deux pas, Evan l'avait rejointe. Avant qu'elle comprenne ce qui lui arrivait, il prit sa bouche. Elle réagit aussitôt, dévorée par un feu intérieur, le cœur à cent à l'heure, tous les sens en émoi. Elle se pendit au cou d'Evan et s'abandonna à son baiser, le goûtant, aspirant sa chaleur.

Elle avait la réponse à la question qu'elle se posait, maintenant. Voici ce qu'était la vraie passion. Son désir pour Evan lui donnait le sentiment d'être si vivante ! Ce désir, elle l'avait éprouvé dès leur « rencontre » sur la plage de Bali, quand ils s'étaient heurtés l'un contre l'autre. Comment avait-elle pu le combattre pendant si longtemps ? Sans prévenir, il s'écarta d'elle, le souffle court tout comme elle.

— Dis-moi si tu penses que nous devons retourner au mariage, Chiara. Tout de suite.

Elle mit plusieurs minutes à redescendre sur terre, et à saisir le sens de ce qu'il demandait. Il voulait qu'elle sache que la décision lui revenait. C'était à elle de la prendre.

— Ou bien aimerais-tu rester ici, dans cette cabane ?

Essaye de vivre ta vie le plus pleinement possible, ma chérie. Ne laisse passer aucun moment de bonheur.

De nouveau, la voix de sa mère resurgissait dans son esprit, insistante...

— J'aimerais rester, dit Chiara.

Evan ferma brièvement les yeux, renversa la tête.

— J'ai besoin d'une certitude, Chiara. Je ne veux pas mal interpréter les choses et découvrir ensuite que je me suis trompé.

Chiara combla la distance qu'il avait réinstallée entre eux. Elle posa les mains sur ses épaules jusqu'à ce qu'il rouvre les yeux.

— J'aimerais rester, répéta-t-elle. Et puisque nous occupons déjà cette cabane, j'aimerais y passer la nuit.

La réaction passionnée d'Evan lui révéla qu'ils étaient sur la même longueur d'onde.

11

Trois jours plus tard

Le plan fonctionnait à merveille. Il n'avait pas fallu longtemps pour ça, se dit Evan en posant sa tablette sur le canapé. Comme il s'y était attendu, les sites et les magazines people avaient mordu à l'hameçon. Chiara et lui alimentaient les conversations du monde de la high-tech. Il était donc probable que d'innombrables échanges de messages au sujet du grand mystère qui entourait Evan Kim et ses soudaines fiançailles circulent bientôt sur les réseaux sociaux privés.

Même la photo du restaurant de sushis à Bali avait été dénichée et publiée. Le titre annonçait : « Le prodige de la high-tech en passe d'être marié ». Et en sous-titre : « Le bruit court qu'ils iront ensemble à Pékin ! »

C'était ce qu'il avait escompté quand il avait fait sa proposition à Chiara, plusieurs jours auparavant. Le seul sujet d'interrogation, maintenant, était de savoir ce qui était authentique et ce qui relevait de la mascarade. Les frontières s'étaient singulièrement brouillées, la nuit du mariage de Louis et Gemma. Et il se demandait si certaines n'avaient pas été franchies.

Une chose était sûre : il devait tenter de garder ses

distances avec Chiara tant qu'il n'aurait pas tout éclairci. Cela ne serait pas facile ! L'attirance qu'elle exerçait sur lui comme aucune autre femme le soumettait à une tentation permanente. Il s'était toujours flatté d'avoir une discipline et une volonté sans faille – mises à mal par Chiara Pearson et l'effet qu'elle avait sur lui.

L'objet de ses pensées entra dans la pièce à cet instant précis ; Chiara paraissait toute fraîche après une douche prolongée. Elle portait un pantalon noir et un épais pull-over. Elle s'entoura le cou d'une écharpe en s'approchant de lui assis sur le canapé.

— Bonjour, Evan.

— Bonjour, dit-il en se levant. Tu sors ?

Elle lui adressa un grand sourire.

— J'ai téléphoné à la réception, tout à l'heure. On m'a parlé des visites auxquelles je pourrais me joindre.

— Des visites ?

— Oui, pour voir la Grande Muraille. J'en rêve depuis toute petite. Ma mère me lisait souvent un livre d'images sur un corbeau aventureux qui voulait voler d'un bout à l'autre de la Muraille.

L'éclat de son regard parut s'atténuer tandis qu'elle parlait. Elle continua :

— De toute façon, tu as dit que tu serais trop pris par la préparation de tes rendez-vous pour faire des visites.

Il l'avait bel et bien dit, n'est-ce pas ? Pendant le vol jusqu'ici, à Pékin, il avait pris soin de souligner qu'il ne pourrait pas passer beaucoup de temps avec elle, ni loin de son bureau. Il s'était presque convaincu que c'était à cause du travail. Et non de l'instinct de préservation qui s'était réveillé en lui après leur nuit passée ensemble.

— Donc, j'ai cherché le moyen de m'aventurer dehors toute seule, reprit Chiara.

Si absurde que ce soit, car il s'était placé lui-même dans cette situation, il fut quelque peu blessé qu'elle ne lui ait pas demandé de l'accompagner. Quelle stupidité de sa part ! pensa-t-il, fourrant les mains dans ses poches. Il aurait dû s'en réjouir. Chiara avait de la ressource, et elle avait trouvé le moyen de se distraire. De plus, elle joindrait un groupe de touristes, il n'aurait donc pas à se soucier de sa sécurité dans une ville inconnue dont elle ne parlait pas la langue.

Alors, pourquoi redoutait-il de la voir franchir le seuil ? Soudain, l'idée de passer ici des heures et des heures seul dans une chambre d'hôtel, occupé à son codage, lui donnait envie de jeter son ordinateur portable par la fenêtre.

Dehors, elle découvrirait pour la première fois la muraille majestueuse, et il l'imaginait émerveillée par sa beauté. Peut-être y aurait-il, dans le groupe, quelque homme d'affaires américain solitaire, lui aussi en visite. Ils pourraient entamer la conversation...

Arrête !

Il se sentit gagner par la culpabilité. Malgré la nuit qu'ils avaient passée ensemble, il n'avait aucun droit sur elle. En fait, il s'était montré insensible à ses souhaits. Elle désirait voir la Grande Muraille pour honorer la mémoire de sa mère. Loin de lui avoir proposé de l'accompagner pour voir l'une des authentiques merveilles du monde, il avait étouffé l'idée dans l'œuf.

Elle l'examina en se mordillant la lèvre inférieure. Pourquoi paraissait-elle si sexy quand elle faisait ça ?

— Ou alors... veux-tu que je reste ici pour une raison ou une autre ?

Evan émit un soupir. C'était une question piège... Il voulait qu'elle soit là. Avec lui. Et même si c'était égoïste, l'idée qu'un autre que lui puisse lier connaissance avec elle le rendait malade.

— Evan ? dit-elle après un silence, tout en consultant l'heure. Le départ des groupes de visite ne va pas tarder. Il faut que je descende, si je veux en faire partie.

Une voix intérieure puissante criait à Evan qu'il n'avait pas du tout envie de la voir partir. Les mots lui montaient aux lèvres.

Je veux que tu voies la Grande Muraille avec moi. Je veux te tenir la main pendant que tu la découvriras. Je veux voir ton expression lorsque tu poseras pour la première fois les yeux sur une merveille qui attire des millions de visiteurs. À la place d'un guide touristique monotone et d'étrangers de hasard, je veux être celui qui te dira son histoire. Je veux te parler des nombreuses fois où je l'ai visitée pendant mon enfance.

Mais les mots ne sortirent pas. Il prononça, au contraire, ceux qu'il ne pensait pas.

— Oui, il vaut mieux que tu descendes avant qu'il soit trop tard.

Les épaules de Chiara s'affaissèrent, de soulagement ou pour quelque autre raison qu'il refusait de deviner.

— Amuse-toi bien, dit-il avant de revenir à son travail, tandis qu'elle prenait ses affaires et partait sans ajouter un mot.

Elle ne parvenait pas à s'y résoudre. Chiara s'installa dans un des confortables fauteuils en velours de la réception et regarda les touristes qui suivaient un guide souriant jusqu'à un minibus. Si grande que fût son envie de voir la Grande Muraille, elle n'était pas convaincue de vouloir le faire en compagnie d'un groupe d'inconnus. Elle pensait à sa mère, les émotions à fleur de peau. Son absence lui mettrait sûrement les larmes aux yeux, et elle ne voulait pas être entourée d'étrangers lorsque cela se produirait.

Là-haut, pendant quelques instants insensés, elle avait cru qu'Evan changerait d'avis et proposerait de l'accompagner. Mais il l'avait presque mise à la porte, au contraire. Il devait être content d'être débarrassé d'elle.

Et si elle pensait qu'une nuit dans ses bras virils rendait la chose improbable, elle aurait dû être plus avisée. Ils avaient tout simplement succombé au désir. De plus, elle s'était jetée à sa tête. Peu d'hommes rejetaient ce genre de proposition. Visiblement, elle avait accordé plus d'importance que lui à leur intimité. Depuis, il était froid et distant. Il n'était pas étonnant qu'il ait voulu qu'elle sorte.

Maintenant, il lui restait à déterminer ce qu'elle pourrait bien faire de sa journée.

Deux théières de thé au jasmin plus tard, elle n'était pas plus avancée. Tous les groupes de visites guidées proposées par l'hôtel étaient déjà partis, et elle n'était pas d'humeur à se promener seule dans la rue.

Une chose était sûre. Elle ne pouvait pas rester là des heures durant, à regarder sur l'écran de son mobile les photos de l'attraction touristique qu'elle aurait pu voir pour de bon si elle avait eu le courage de le faire seule.

Son mobile vibra, sur la table basse, et elle eut un élan d'espoir. Pourtant quand elle le prit, ce ne fut pas l'icône de contact d'Evan qu'elle vit, mais la photo de son frère qu'elle avait utilisée comme avatar. Elle ne l'avait pas rappelé, malgré sa promesse. Elle devait répondre. D'ailleurs, cela lui permettrait de tuer le temps.

— Salut...

— Hé, salut, frangine, coupait déjà Marco. Je ne t'ai pas beaucoup entendue !

— Oui, désolée. J'ai été très occupée.

Il y eut un curieux soupir au bout de la ligne.

— Justement, à ce sujet... tu n'as rien à me dire ?

Elle se sentit vaguement mal à l'aise. Où voulait-il en venir ?

— Euh... à quel sujet ?

Plusieurs secondes s'écoulèrent sans réponse. Elle s'assura que Marco était toujours en ligne.

— Je ne sais pas, dit-il enfin. Tu pourrais m'expliquer pourquoi on m'a téléphoné pour me féliciter au sujet de ton prochain mariage. Il a vu une photo de toi sur un site web. Prise dans un restaurant de Singapour. Tu es avec un prodige de la high-tech, un milliardaire.

Oh non ! Elle aurait dû se préparer à ça ! Marco et Evan n'évoluaient pas dans les mêmes sphères, mais son frère, en tant qu'hôtelier, connaissait toutes sortes de gens de milieux très divers. Tout s'était passé si vite avec Evan que Chiara n'avait pas eu l'occasion de réfléchir à la façon dont elle expliquerait ses « fiançailles » lorsque son frère saurait la nouvelle. En fait, elle ne s'était pas attendue à ce qu'il l'apprenne si vite.

— J'ai affiché la photo. De deux choses l'une : ou tu as un sosie, ou la mystérieuse fiancée de ce nabab est bien toi.

— Marco... les choses sont... compliquées pour le moment, dans ma vie.

Son frère méritait mieux. Mais elle n'avait pas d'autre explication à lui donner.

Il soupira.

— Es-tu en sécurité ? J'ai des contacts dans le monde entier, et quelqu'un peut être à tes côtés en un rien de temps, si tu en as besoin.

Elle se hâta de le tranquilliser.

— Je vais bien. Vraiment. Tu n'as pas à te faire de souci.

— C'est bien sûr ?

— Oui. Je suis en train de siroter du thé dans un hôtel de luxe en ce moment. Je t'enverrai une photo.

Le soulagement de Marco fut presque palpable.

— D'accord. Dis-moi ce qui se passe.

— Je ne peux pas, Marco. Désolée.

— Chiara...

— S'il te plaît, coupa-t-elle, fais-moi confiance. Je t'expliquerai tout dès que possible. Je sais que c'est beaucoup te demander.

— Oui, beaucoup ! Tu ne me facilites pas les choses, frangine.

Chiara s'avoua que si la situation avait été inversée, elle aurait sûrement voulu tout savoir en détail. Cependant, Marco était très différent d'elle de bien des façons, malgré leur parenté.

— Et ne dis rien à papa, s'il te plaît, recommanda-t-elle, horrifiée à l'idée que son père puisse être au courant.

— Papa a l'air plutôt...

— Qu'est-ce qu'il y a ? demanda Chiara, inquiétée par l'hésitation de son frère.

— Il va bien, assura Marco. Il a juste l'air un peu distrait, pour je ne sais quelle raison.

Soulagée, elle répéta :

— Je t'en prie, surtout, ne lui dis rien ! Je t'expliquerai dès que je le pourrai.

— Le plus tôt sera le mieux.

Chiara remercia son frère avant de raccrocher. Elle avait au moins gagné un peu de temps. Mais elle était maintenant sur les nerfs. Cette conversation imprévue avait épuisé ses dernières réserves émotionnelles. Il était temps qu'elle remonte faire une pause. Evan serait peut-être enfermé dans le bureau de la suite, et ne saurait même pas qu'elle était revenue.

Pas de chance ! Evan était toujours là où elle l'avait laissé. Il leva un regard interrogateur quand elle rentra.

— Je suis arrivée trop tard, dit-elle. Le groupe a dû partir un peu plus tôt que prévu.

Il haussa à peine les sourcils, apparemment convaincu.

— C'est vraiment dommage.

Elle mentait décidément de mieux en mieux.

— Oh ! je réessayerai demain.

— Qu'est-ce que tu as fait pendant tout ce temps ?

— J'ai cherché à quoi consacrer ma journée. Je n'ai pas trouvé d'idée, dit-elle en se dirigeant d'un pas lent vers l'autre pièce.

Evan lui toucha le bras alors qu'elle passait près de lui, et elle s'arrêta net. Il n'avait pas eu le moindre geste envers elle depuis leur nuit dans la cabane. Aucun d'eux n'en avait même parlé, exception faite d'une conversation gênée, le lendemain, sur le fait qu'ils s'étaient tous deux laissé entraîner par l'atmosphère romantique de la noce.

— Oui ? dit-elle, pressée de se libérer.

Evan laissa retomber sa main.

— J'ai travaillé plus vite que prévu, ce matin.

D'abord sceptique, elle s'avisa soudain de ce qu'il laissait entendre. Était-il possible qu'il ait un peu de temps libre ?

— Qu'est-ce que ça signifie ? demanda-t-elle, sans oser espérer ce qu'elle souhaitait pourtant de tout son cœur.

Il exécuta une petite révérence qui la fit rire.

— Si tu le permets, je serais honoré d'être ton guide pendant tout le reste de la journée.

Elle ne put retenir un cri de joie.

— C'est vrai ?

Il acquiesça avec un sourire qui lui réchauffa le cœur.

— Tout à fait vrai. Ce sera amusant ! Laisse-moi le temps de passer un ou deux coups de fil, et on pourra y aller.

— Fais vite !

En voyant le sourire de Chiara alors qu'ils sortaient de l'hôtel pour monter dans la limousine en attente, Evan ne regretta pas son mensonge. En réalité, il n'avait guère avancé après son départ. Sa concentration légendaire l'avait déserté. Il avait eu du mal à faire taire la petite voix obstinée qui lui répétait qu'il avait été fou de laisser sortir Chiara sans lui. Quand elle était revenue, la voix lui avait crié de ne pas gâcher cette seconde chance.

— La voiture est pour nous ? demanda Chiara.

— Raison pour laquelle le chauffeur nous tient la portière.

— Je vois. On se rend à la Grande Muraille en limousine ?

— Elle est à une heure de route. Autant voyager dans le confort.

— Rien ne t'obligeait à faire ça, Evan. J'aurais été contente d'y aller en car ou autrement. Du moment que tu...

Elle n'acheva pas sa phrase et il fut tenté d'insister, de demander ce qu'elle s'apprêtait à dire. Mais le chauffeur les regardait avec insistance, pressé de démarrer.

— Allons, viens, fit-il gentiment. C'est toujours comme ça que je fais les longs déplacements, à Pékin.

Elle le suivit à contrecœur, et il l'aida à se glisser à l'arrière avant de s'asseoir sur le siège en face du sien. Le chauffeur se présenta devant eux avec un pot de thé fumant et un panier en bambou qu'il posa sur la table dressée entre eux avant de s'installer au volant.

— Repas anticipé, leur dit-il en soulevant le couvercle du panier pour révéler des raviolis fumants.

— Pas de thé pour moi, merci, précisa Chiara, qui accepta cependant une paire de baguettes et prit un ravioli.

— Tu en es sûre ? dit Evan. Cela réchauffe et tu l'apprécieras, une fois sur place. C'est l'époque la plus froide de l'année pour visiter la Grande Muraille.

— Je n'en doute pas. Mais j'ai bu du thé dans le salon de l'hôtel.

Elle mangea un peu, puis reprit la parole.

— J'ai un aveu à te faire.

— Ah ? fit-il, curieux.

— Je n'ai pas manqué le départ du groupe. En fait, je n'avais pas envie d'y aller seule. Ni avec des touristes inconnus.

Il se sentit vraiment coupable, tout à coup. Il aurait dû demander à l'accompagner dès le début. Il avait commis une erreur, et ce qu'elle dit ensuite n'était pas fait pour qu'il se sente mieux.

— Alors, je me sens un peu coupable que tu te sois donné tout ce mal. Commander une limousine, un repas…

Evan se pencha vers elle par-dessus la table.

— Puisqu'on en est aux confessions, je dois moi aussi te faire un aveu.

— Lequel ?

— Je t'ai menti en prétextant avoir abattu du travail. En réalité, je n'ai rien fait après ton départ.

Elle eut un petit rire.

— Mais pourquoi irais-tu mentir à ce sujet ?

— Afin d'avoir un prétexte pour passer la journée avec toi.

12

Le livre illustré pour enfants que lui avait lu sa mère ne l'avait pas préparée à un tel spectacle. Pas plus que les sites web et les guides de voyage qu'elle avait vus ou feuilletés au fil des ans. Chiara se laissa mener par Evan sur le chemin de pierre, s'arrêtant tous les quelques pas pour embrasser la vue du regard. Elle ne pouvait pas blâmer les photographes. Il était humainement impossible de saisir la splendeur majestueuse de la Grande Muraille de Chine. Montagnes célestes à perte de vue, à présent saupoudrées d'une couche de neige juste assez fine pour que les feuillages verts qu'elle recouvrait pointent à travers. Un ciel bleu gris. Et à la dérive dans le ciel, des nuages cotonneux tels des vaisseaux immenses.

Il faisait aussi très froid et malgré ses épais vêtements, Chiara se sentait glacée jusqu'aux os. Evan dut voir qu'elle frissonnait, car il lança :

— Dommage que nous ne soyons pas venus en été ! Le temps est alors beaucoup plus agréable. Et tu aurais pu assister à un mariage chinois traditionnel.

— Il y a des couples qui se marient ici ?

Il hocha la tête.

— Sauf en décembre.

— Je les comprends.

Mais quel lieu sublime et inoubliable pour un mariage ! S'engager envers l'amour de sa vie dans un tel décor… Chiara imaginait à quel point une cérémonie en ces lieux pouvait être belle et revêtir un caractère sacré.

— Quel merveilleux départ, pour un couple ! dit-elle.

Ils marchèrent vers la plus proche tour, et elle tenta d'imaginer ce que serait la vue depuis cette hauteur. Dans sa hâte, elle trébucha sur un carré de neige glissant et dérapa. Mais les bras solides d'Evan la retinrent par la taille.

— Hé, attention !

Elle se redressa, prête à le remercier. Mais les mots s'étranglèrent dans sa gorge. Leurs visages étaient soudain tout proches, leurs souffles se mêlaient. Sa senteur virile à présent familière, citronnée et boisée, lui effleura les narines et un élan de désir nostalgique la submergea. Comme au ralenti, il rapprocha sa tête, et elle eut la sensation que le temps s'arrêtait.

Embrasse-moi. S'il te plaît.

Elle avait tant envie de dire ces mots à haute voix ! Ou plus simplement de l'embrasser elle-même. De s'emparer de sa bouche pour le goûter, encore et encore…

Des pas qui se rapprochaient ne la troublèrent en rien, mais Evan se redressa et la remit en équilibre. Puis il la lâcha. Une famille les dépassa avec des sourires affables. Chiara frissonna, et ce n'était pas à cause du froid. L'instant magique s'était évanoui, dissipé comme une fumée.

— Allons donc à cette tour, dit-il, la prenant en douceur par le bras.

À mesure qu'ils faisaient l'ascension des marches, la température devenait de plus en plus glaciale. Mais Chiara n'y prenait même pas garde, alors qu'ils atteignaient le sommet. Elle avait l'impression qu'elle pouvait s'envoler comme un oiseau, tel le corbeau des récits maternels de son enfance.

De si haut, la vue était encore plus sublime. Elle prenait même un caractère sacré.

— Je n'ai jamais ressenti un lien aussi fort avec la nature, dit-elle sans avoir conscience de s'être exprimée à voix haute.

L'expression qui passa sur les traits d'Evan lui donna à penser.

— Tu dois trouver ça bête, non ? dit-elle avec un petit rire.

Il secoua lentement la tête.

— En fait, c'est exactement ce que j'ai pensé la première fois que je suis monté dans une de ces tours.

— C'est vrai ?

— Tout à fait vrai.

— Quel âge avais-tu ?

— Une dizaine d'années. Mon *amah* m'avait amené en visite.

— Ton *amah* ?

— Nounou, si tu préfères.

— La seule personne à t'avoir défendu quand tu étais enfant ?

Il déglutit et se détourna, mais elle avait eu le temps de voir toute la tendresse peinte sur son visage.

— C'est ça. Elle m'a amené à la Muraille pour la toute première fois. Et il faisait aussi froid qu'aujourd'hui. Encore plus froid, même.

Il n'était donc pas venu avec son père et sa mère. Chiara avait l'impression qu'Evan n'avait pas beaucoup de souvenirs avec ses parents. Avaient-ils été distants et froids envers leur fils ? À en juger par la confrontation avec sa mère au mariage, il n'avait pas grandi dans un environnement très chaleureux.

Elle se demandait comment s'y prendre pour lui en

parler lorsqu'une bourrasque enveloppa la tour, et elle se mit à claquer des dents. Evan déboutonna le haut de son manteau et déroula l'écharpe qui lui enveloppait le cou pour la lui tendre. Elle refusa d'un geste. Il n'avait même pas de bonnet !

Sans se soucier de sa permission, il lui drapa les épaules avec l'écharpe qu'il noua sous son menton.

— Merci. Mais tu dois avoir froid.

— Je suis déjà venu ici en hiver. J'ai l'habitude.

L'écharpe en cachemire était à la fois douce et résistante, et la protégeait bien du froid. Elle allait également à merveille à l'homme qui l'accompagnait et, en la portant, elle sentit rejaillir de vifs souvenirs de la nuit qu'ils avaient passée ensemble à Singapour. De la passion qui avait flambé entre eux. De sa réaction intense, et de ce qu'elle avait ensuite ressenti entre ses bras, enveloppée de sa senteur, de sa chaleur.

Elle désirait si éperdument que cela ait lieu à nouveau !

Les joues de Chiara avaient la couleur d'une rose du Bengale quand ils regagnèrent la limousine. Evan mourait d'envie de l'attirer entre ses bras, de prendre sa bouche et de l'embrasser longuement.

Au lieu de cela, il prit la théière que le chauffeur avait tenue prête et lui servit une tasse de thé chaud.

— Cela va te réchauffer en un rien de temps, dit-il.

Il aurait tant voulu être celui qui la réchaufferait ! Puis il demanderait au chauffeur de les ramener vite à l'hôtel, se joindrait à elle sous l'une des douches chaudes dont elle raffolait. Décidément, le froid glacial ne tempérait en rien sa libido...

Il se rappela la façon dont elle s'était appuyée contre lui, sur le chemin de la tour. Si une petite famille n'était pas passée par là, elle serait sans doute dans ses bras, maintenant, derrière la cloison de séparation qui préservait leur intimité.

En la voyant siroter son thé, il se rappelait leur dernier baiser, la saveur de sa bouche ...

Il tourna la tête pour regarder à travers la vitre. Il n'était pas prévu que cet arrangement avec Chiara prenne une telle tournure. Elle n'était là que pour l'aider à obtenir un contrat d'affaires. Comment les choses étaient-elles devenues si compliquées entre eux ?

Retourner à l'hôtel en ce moment n'était pas l'idée la plus avisée. Pas s'il voulait se garder de la toucher. Il devait se concentrer sur deux rendez-vous importants qui l'attendaient. Or, il y avait entre eux une tension presque palpable. Il savait pertinemment à quoi elle les mènerait dès qu'ils seraient seuls dans la suite.

S'éclaircissant la gorge, il se tourna vers elle.

— Si tu te sens assez réchauffée pour te risquer encore dehors, j'aimerais t'emmener quelque part.

Chiara le regarda en plissant les yeux.

— Tu as dit que tu faisais du patin à glace au Rockefeller Center, à New York, non ?

— Tu veux faire du patin à glace ? Maintenant ?

Il hocha la tête.

— Pourquoi pas ?

Une demi-heure plus tard, Chiara se trouvait devant un stade comme elle n'en avait jamais vu ni aux États-Unis ni ailleurs. Il était colossal. Avec des profilés métalliques tout autour de la structure. Un seul « mot » lui vint à l'esprit alors qu'ils approchaient d'une des nombreuses entrées.

— Waouh !

— On l'appelle le Nid d'oiseau et il a été bâti pour les jeux Olympiques, expliqua Evan. Mais il héberge maintenant toutes sortes d'activités. Pendant les mois d'hiver, il abrite le Ice and Snow Festival.

Festival des Glaces. Les mots étaient faibles pour décrire ce qu'ils découvrirent à l'intérieur. D'immenses sculptures de glace inspirées de dessins animés qu'elle avait vus dans son enfance. Des sapins de Noël brillamment décorés. Evan la mena, à travers la foule, jusqu'à une véritable ville sculptée grandeur nature, complétée par un château et des forts entourés d'une enceinte. Chiara eut l'impression de pénétrer dans un monde médiéval figé dans la glace.

— Moi qui croyais qu'on allait seulement patiner, dit-elle.

Evan lui décocha un clin d'œil.

— Oh ! on patinera. Mais pas comme tu le penses.

Intriguée, elle eut sa réponse quelques instants plus tard. Il s'agissait de cyclisme sur glace. Chiara, qui pensait avoir tout vu à New York, allait maintenant s'essayer à un sport dont elle ignorait l'existence une heure plus tôt.

Il semblait très populaire. La piste était envahie par de nombreux patineurs de tous âges, des petits enfants aux grands-parents. Tout le monde s'amusait bien, et des rires fusaient de toutes parts.

Une fois sur la piste, Evan bondit sur le siège principal de la bicyclette et fit asseoir Chiara derrière lui. Elle ferma les yeux, tentant d'ignorer les sensations qui l'envahissaient à ce contact intime.

— Tu te tiens bien ? demanda-t-il par-dessus son épaule.

S'il savait !

— Je suis prête, répondit-elle.

Il s'élança avant même qu'elle ait fini de parler. Ils allaient si vite qu'elle dut se cramponner à la taille d'Evan par peur de tomber. Il manœuvrait le vélo avec aisance, et à grande vitesse. Evan était de ces hommes qui excellent dans tout ce qu'ils font, et ce sport étrange ne faisait pas exception.

Décidément, elle lui attribuait tous les talents !

Elle se concentra sur le rire joyeux de son compagnon, qui s'amusait comme un fou alors qu'il accélérait, prenait des virages en épingle à cheveux, freinait brusquement… Ils s'arrêtèrent au bord de la piste. Un couple d'adolescents se posta près d'eux, les jaugeant du regard. Le garçon fit signe à Evan.

— Ils nous défient à la course, dit Evan à Chiara. Tu es partante ?

Une course ? Au milieu de toute une foule de patineurs ? Cela semblait risqué. Mais Evan prit son silence pour une réponse affirmative.

Un instant plus tard, ils fusaient sur la glace, louvoyant entre les patineurs et les cyclistes. Ils les serraient parfois de si près que Chiara fermait les yeux, sûre qu'ils allaient percuter quelqu'un. Mais Evan évitait les collisions. Il avait de bons réflexes et une grande agilité. Tout de même, elle avait le cœur emballé, tant les risques de rencontres brutales étaient nombreux. Ou alors, c'était à cause du contact étroit de leurs corps…

Ils gagnèrent la « course » avec plusieurs secondes d'avance. Beaux joueurs, les ados étaient souriants lorsqu'ils s'approchèrent d'eux. Ils adressèrent à Evan une petite révérence respectueuse, puis repartirent.

— Impressionnant, commenta Chiara.

— Tu veux essayer ?

— Oui, pourquoi pas ?

Elle avait déjà fait du vélo. Cela ne pouvait pas être bien différent d'en « piloter » un sur la glace, non ?

Mais quand ils échangèrent leurs places, c'étaient les

jambes puissantes et musclées d'Evan, cette fois, qui serraient de près les hanches de Chiara. Son menton viril reposait sur son épaule droite, elle sentait son souffle sur sa joue, ses bras lui enveloppaient la taille. Pour un peu, elle en aurait oublié de respirer !

Avec précaution, elle commença à avancer, bien plus lentement qu'il ne l'avait fait. Il devait s'ennuyer ferme, pensa-t-elle. Mais il lui murmura à l'oreille :

— Prends ton temps. Tu te débrouilles très bien.

Si ridicule que ce soit, le compliment lui fit plaisir. Depuis quand attachait-elle tant d'importance à ce qu'Evan pensait d'elle ? En fait, ses sentiments pour lui devenaient de plus en plus complexes, et elle ne savait qu'en penser.

Au bout de plusieurs minutes, ils parvinrent à l'entrée après avoir effectué un demi-cercle autour de la patinoire. Evan aida Chiara à descendre de bicyclette.

— Bien joué, mademoiselle Pearson !

Elle lui adressa une petite révérence.

— Merci. Mais je ne risque pas de gagner une course improvisée avant longtemps !

— Je soutiens malgré tout que tu mérites une boisson chaude.

Un moment plus tard, la bicyclette restituée, ils prirent place à une table où on leur servit du lait de coco fumant et des biscuits délicats. Chiara remarqua sur la piste une petite fille qui ne cessait de glisser et chuter, refusait obstinément l'aide de sa mère, et pouffait de rire chaque fois qu'elle tombait à la renverse. Cela lui remémora une foule de souvenirs d'enfance avec sa mère, au Rockefeller Center. Elle était aussi têtue que cette fillette, alors. Et sa mère avait eu une patience d'ange.

— Pourquoi souris-tu d'un air si attendri ? lui demanda Evan.

— Je pensais aux fois où ma mère m'emmenait patiner au Rockefeller Center quand j'étais petite, dit-elle après une gorgée.

— Cela explique que tu sois si à l'aise sur la glace.

Le commentaire la fit rire.

— J'ai le souvenir d'avoir passé plus de temps sur mes fesses que debout sur les patins, au début ! Maman attendait patiemment que je me relève parce que je refusais qu'on m'aide.

— Elle était très indulgente avec toi, si je comprends bien.

— Mon père soutiendrait qu'elle l'était beaucoup trop, dit-elle en soupirant avec tristesse. J'aurais aimé que tu puisses la connaître.

D'où sortaient donc ces mots-là ? Même si, maintenant qu'elle les avait lâchés, Chiara réalisait leur vérité profonde. Si sa mère avait connu Evan Kim, elle aurait été très impressionnée par lui. Il était exactement le genre d'homme qu'elle aurait été fière d'avoir pour fils. Ou pour gendre.

Chiara secoua la tête. Encore une pensée malvenue.

La réaction d'Evan la surprit.

— Je l'aurais aimé aussi, Chiara, dit-il en lui prenant la main.

Des heures plus tard, après le dîner d'affaires et leur retour à l'hôtel, Evan pensait encore à l'aveu fait à Chiara. Il n'aurait jamais dû dire qu'il aurait aimé connaître sa mère. C'était trop personnel…

Chiara se tourna vers lui avec un grand sourire, tout en dénouant ses cheveux pour les porter lâchés.

— Tout s'est bien passé, non ?

Il acquiesça.

— Nous avons joué nos rôles à la perfection. Tout le monde est convaincu que nous sommes en couple.

Hésitante, elle fit un pas ou deux vers lui. Evan savait ce qui allait advenir, car la soirée n'avait cessé d'évoluer naturellement vers une telle conclusion. Mais c'était d'elle que devait venir le premier pas. Et elle seule.

— Je n'ai pas vraiment eu à faire semblant, Evan. Et… j'aimerais beaucoup arrêter de feindre, ce soir.

Evan eut le seul geste qui lui semblait naturel : il ouvrit grand les bras. Chiara le rejoignit en deux secondes, se serra contre lui. Il trouva sa bouche.

Ils savaient tous deux ce que voulait l'autre, et il n'y aurait pas de déni. Sans qu'il y prenne garde, il avait commencé à éprouver des sentiments pour elle. Il n'était pas sûr de ce que cela signifiait pour lui. Mais il aurait tout le temps d'y réfléchir plus tard.

Doucement, il interrompit leur baiser et, prenant Chiara par la main, l'entraîna vers la chambre. Une voix persistante lui souffla qu'il devait examiner ce qui se passait entre eux. Trop de frontières étaient brouillées, trop de lignes franchies. Mais en cet instant, Evan n'avait d'yeux que pour Chiara. Plus tard, le moment venu, il devrait accepter la signification de tout cela, accepter ce qu'elle pourrait représenter pour lui. Là, ils étaient seuls au monde et la nuit leur appartenait.

L'aube était proche quand il la sentit s'éveiller entre ses bras, le tirant lui aussi de son sommeil.

— Prête à faire du ski dans un jour ou deux ? Demain à cette heure-ci, nous serons en Suisse !

— Pour nous exhiber sur les pistes, en couple heureux et amoureux.

— Saint-Moritz attire les célébrités comme un aimant, alors il s'y trouve toujours beaucoup de paparazzis de toutes nationalités. Je pense que nous nous y arrêterons quelques jours pour skier et respirer le bon air de la montagne. Cela nous donnera une ultime occasion d'être vus, et peut-être photographiés ensemble, avant la dernière réunion avec les cadres de l'entreprise italienne d'intelligence artificielle.

— Pigé, dit-elle en s'étirant à demi entre ses bras. J'espère ne pas te faire honte. Il y a une éternité que je n'ai pas skié.

— Oh ! c'est comme faire du vélo. Une fois qu'on a appris, ça ne s'oublie pas.

— Je l'espère, dit-elle avec un rire. Sache qu'une fois, à l'âge très respectable de sept ans, j'ai skié avec ma panoplie de pirate par-dessus ma tenue de ski. Avec une épée en plastique et un foulard sous mon casque.

— Sérieux ? dit Evan avec un sourire.

— Oui ! J'avais décidé d'être le seul pirate sur les pentes, et ma mère s'est prêtée au jeu. Nous sommes allées acheter un costume et tout ce qu'il fallait pour me transformer en écumeur des mers. Dans les montagnes enneigées.

— Ça a dû être un sacré tableau !

— C'était l'avis de Marco. Mon père, lui, s'est contenté de secouer la tête. Il trouvait que maman était trop permissive quand j'avais ce genre d'envies, qu'elle ne savait pas me dire non. Mais il souriait avec indulgence en le disant.

Elle posa la tête sur son torse, puis ajouta :

— C'est drôle.

— Qu'est-ce qui est drôle ?

— Je mentionne rarement ma mère. C'est trop douloureux. Mais avec toi, on dirait que je ne sais pas m'arrêter d'en parler.

Evan lui caressa les cheveux, ému qu'elle se confie à lui sur la mère aimante qu'elle avait perdue. Elle disait qu'on avait accédé à ses désirs quand elle était enfant. Il ne se souvenait pas de cela, en ce qui le concernait. Même son *amah*, si affectueuse, s'était montrée stricte sur son emploi du temps et ses études.

Chiara et lui avaient eu des enfances radicalement différentes. En fait, ils n'avaient pas grand-chose en commun. Pour commencer, elle avait une famille aimante et dévouée. La façon dont elle parlait de ses parents et de son frère était à la fois touchante et douce-amère. En dépit de la perte dévastatrice de sa mère, il n'y avait que de l'amour dans ses souvenirs, quand elle en parlait, d'une voix pleine de tendresse.

Une pointe de jalousie le transperça, qui se mua en une douleur sourde. Jamais il ne connaîtrait le réconfort d'une famille aimante. Bon sang, s'il lui arrivait quelque chose, cela ne changerait rien à la vie de quiconque. Quelle vérité brutale et dévastatrice ! S'il venait à disparaître, qui, à part Louis, s'en soucierait ?

Sans y penser, il déposa un petit baiser sur les cheveux de Chiara, qui se lova plus confortablement contre son torse. Dans une semaine, elle sortirait de sa vie. Rentrerait chez elle pour retrouver son père et son frère et passer les fêtes dans la maison accueillante où elle avait grandi. Tandis qu'il retournerait à Singapour. À moins qu'il ne revienne chez lui, à Bali. Seul. Et passe Noël comme un jour ordinaire. Il sentit comme un vide en lui, à cette pensée.

Mais c'était pour le mieux. Il s'en sortait mieux seul. L'unique fois où il avait été proche d'une personne, elle lui avait été enlevée tragiquement, sans la moindre source de réconfort pour l'aider à faire son deuil. Il avait dû surmonter seul son chagrin. Il n'avait nul besoin de vivre à nouveau une telle souffrance.

N'avait-il pas du succès ? Il en avait fait du chemin ! Jamais il n'aurait accompli autant de choses en si peu de temps s'il y avait eu des dérivatifs dans sa vie. Nulle raison de changer ce qui lui avait si bien réussi jusqu'ici. Même pas pour Chiara Pearson.

13

Saint-Moritz, Suisse

Sans que Chiara y prenne garde, la dernière quinzaine avait passé en un éclair. Dans quelques jours à peine, ce serait Noël, et elle serait de retour aux États-Unis pour revoir enfin sa famille. Evan, lui, retrouverait son ancienne vie. Ils suivraient des chemins séparés. Qui pouvait dire si elle le reverrait un jour ?

Vivre l'instant présent, ne pas penser au-delà… C'était le seul moyen pour surmonter ça. Alors qu'elle contemplait, au-delà de la vaste baie vitrée, les montagnes enneigées des Alpes, elle entendit entrer Evan. Il était vêtu d'une veste sport décontractée et d'un pantalon beige.

— Tu sors ?

— J'ai un petit déjeuner d'affaires avec la femme qui dirige mon association caritative.

— Tu as une association caritative ?

— Oui. Je soutiens diverses causes, essentiellement en faveur des enfants, et certaines organisations pour les réfugiés. Il était plus simple pour cela de créer une fondation et d'en confier la direction à quelqu'un.

C'était une découverte, pour Chiara. Si proches qu'ils fussent devenus, il y avait encore tant de choses qu'elle ignorait au sujet de cet homme ! Il avait donc créé une fondation caritative. Raison de plus de l'admirer, alors qu'elle en avait déjà tant !

— Il se trouve que la présidente réside en Suisse. Priya a proposé de prendre le train pour me rejoindre ici et me mettre au courant des derniers développements.

Priya... Chiara imagina une beauté sculpturale avec de longues jambes, d'épais cheveux couleur d'ébène et des yeux de biche.

Le doute s'immisça dans son esprit. Jusqu'ici, Evan l'avait emmenée à tous ses rendez-vous professionnels. En quoi celui-ci différait-il des autres ?

— Tu voulais m'accompagner ? demanda-t-il, comme s'il avait lu dans ses pensées. J'ai pensé que tu préférerais te reposer après notre long vol, et avant qu'on s'aventure sur les pentes cet après-midi.

Elle mourait d'envie de l'accompagner. Mais pour de mauvaises raisons. Qu'elle devait étouffer à tout prix.

— Tu as raison. Un peu de repos me fera du bien avant le ski.

En deux pas, Evan la rejoignit. Il lui prit la main et déposa un baiser au creux de sa paume. Le geste était plutôt chaste. Pourtant, elle en fut troublée.

— Tant mieux. Je tiens à ce que tu sois fraîche et reposée pour cette ultime rencontre avec les Italiens.

Elle se demanda comment elle réussirait à tenir le rôle de la fiancée heureuse alors qu'elle était obsédée par leur proche séparation.

— C'est notre dernière occasion de les convaincre d'investir dans mon entreprise, ajouta Evan, lui relâchant la main.

Chiara lui répondit par un faible sourire.

Evan mena Chiara au bas de la colline et l'aida à monter dans la télécabine avant de la rejoindre prestement sur le siège.

— Pas de panoplie de pirate, cette fois ?

— Je crains de l'avoir oubliée en faisant mes bagages, lui dit-elle en souriant.

Il avait vu juste au sujet des talents de skieuse de Chiara. Il suffit d'une ou deux descentes pour qu'elle reprenne ses marques et skie tout à fait correctement. Panoplie de pirate ou pas, elle était plus qu'attirante dans son étroit fuseau et sa parka. Pour la énième fois de la journée, il eut envie de l'entraîner loin des pistes, jusqu'à leur hôtel, où il pourrait la dépouiller de ses vêtements et la réchauffer…

Ce n'était pas le moment d'avoir de telles pensées. Au contraire, il fallait impérativement garder ses distances.

Le destin semblait avoir un autre plan.

Ils avaient atteint le sommet de la pente quand un bruit grinçant retentit et se répercuta dans l'air tandis que leur télécabine s'immobilisait. Génial ! Voici qu'ils étaient coincés. Evan savait par expérience qu'il fallait parfois du temps pour remettre le mécanisme en marche. Sous le siège, une voix dans un haut-parleur expliqua qu'il s'était produit un incident, dans plusieurs langues.

— Oh ! fit Chiara, en se penchant pour regarder tout en bas. On est plutôt haut !

Et elle frissonna. De froid, de peur, ou des deux ? Il ne pouvait pas rester là sans réagir alors qu'elle tremblait, tout de même ! Il lui enveloppa les épaules de son bras et la serra contre lui.

— Il n'y a pas de souci. Ça arrive souvent. Ils vont remettre ce truc en route en un rien de temps, assura-t-il en espérant que la suite des événements ne le démentirait pas.

Elle se détendit et abandonna la tête sur son épaule.

— Essaye de te concentrer sur la vue, lui conseilla-t-il. C'est beau, ici.

Là, il ne mentait certes pas. Des montagnes enneigées s'offraient à leurs regards, sur un fond de ciel d'un bleu lumineux, et de petits flocons commençaient à peine à tomber.

— Je préférerais quand même la voir depuis la baie de la suite, dit Chiara, secouée d'un nouveau frisson.

— Tout va bien, assura-t-il en lui soulevant doucement le menton. On ne va pas tarder à repartir.

Elle hocha la tête, mais semblait peu convaincue.

— Je me suis trouvée coincée dans un ascenseur, une fois. Mais pas si haut.

Sa lèvre inférieure se mit à trembler, et c'en fut trop pour Evan, qui oublia ses résolutions. Il l'embrassa longuement, et elle répondit à son baiser.

Il avait été fou de croire qu'il pouvait garder ses distances. Malgré l'épaisseur de leurs vêtements, il la sentait frémir tout contre lui. Quand elle gémit, il approfondit son baiser...

Heureusement, leur cabine se remit alors en route. Evan se força à s'écarter, et prit plusieurs inspirations.

— Tu vois, c'est reparti !

Étourdie, Chiara leva les yeux vers lui, l'air confus. Et elle n'était pas la seule. Lui aussi nageait en pleine confusion. Il avait seulement voulu la réconforter. Mais c'était allé bien au-delà...

— J'ai des achats à faire.

Chiara avait enfin trouvé le courage d'interrompre Evan, assis à la table de leur suite. Il avait travaillé toute la matinée. Ils devaient skier dans l'après-midi, mais elle avait une course urgente à mener à bien.

— Quel genre d'achats ? Je croyais que la relookeuse avait pourvu à tout ce dont tu as besoin.

— Oui, mais elle ne s'est pas chargée des cadeaux.

Elle le regarda qui pianotait sur son clavier, appuyait sur la touche retour.

— Des cadeaux ?

— Dans quelques jours c'est Noël, Evan. Et j'aimerais acheter des cadeaux pour mon père et mon frère. Ainsi qu'une ou deux autres personnes.

— Pourquoi ne l'as-tu pas dit ? Il y a un grand centre commercial à un peu plus d'un kilomètre. Avec plusieurs boutiques haut de gamme. Je peux demander une voiture pour toi.

— Tu n'as pas de cadeaux à faire ? Pour Louis ? Ou certains de tes employés ?

— Bien sûr que si ! Mon assistante s'en occupe. Elle s'en est déjà chargée, en fait.

L'exaspération de Chiara céda la place à la tristesse. Noël, pour Evan, était quelque chose de si froid et impersonnel !

— Tu n'as pas envie de choisir toi-même ?

— Me demandes-tu de venir faire du shopping avec toi ?

— Je pense qu'un peu de magie de Noël te ferait du bien, dit-elle.

Il leva les yeux au ciel.

— En fait, tu apprécies ma compagnie. Avoue !

— J'avoue.

Le sourire qu'il lui accorda la troubla, et elle dut se forcer à rester concentrée.

— Bon. Si c'est important pour toi, j'accepte, dit Evan en fermant son ordinateur.

— Oui, ça l'est.

— Je vais commander une voiture avec chauffeur.

Chiara regarda le ciel bleu, au-delà du balcon, et les pics

enneigés effleurés par le soleil. Avant qu'il ait pu composer le numéro, elle prit la main d'Evan.

— On ferait mieux de marcher. Qu'en dis-tu ?

Comment s'était-il fourré dans ce traquenard ? se demanda Evan, qui n'était pas allé faire la moindre course depuis une éternité.

Mais il n'eut qu'à regarder Chiara pour avoir la réponse à sa question. Un sourire lui illuminait le visage. On l'aurait crue prête à danser. Il n'avait jamais vu quelqu'un d'aussi enchanté de faire des achats pour les autres.

— As-tu réfléchi à ce que tu pourrais offrir à Louis ? lui demanda-t-elle.

— J'espère avoir une révélation dans les boutiques.

Le sourire radieux de Chiara se porta vers lui.

— Cela pourrait marcher. J'ai déniché plus d'un cadeau comme ça.

Un instant plus tard, ils atteignaient les bâtiments qui abritaient quelques-unes des boutiques les plus luxueuses de Suisse. Evan, qui allait en franchir l'entrée, se rendit compte que Chiara s'était arrêtée quelques pas en arrière. Elle regardait les stands installés de l'autre côté de la rue, où des artisans avaient déployé leurs tréteaux. Un rituel, à cette époque de l'année.

— Peut-on aller là d'abord ? demanda-t-elle.

Déjà, il traversait, la suivait jusqu'à la première table, où étaient exposées des décorations en verre soufflé.

— Oh ! que c'est beau ! Je prendrai ça, dit-elle au vendeur en en désignant une qui ressemblait à une stalactite miniature et chantournée.

L'homme lui sourit, et se mit à emballer l'objet.

— Tu n'en veux pas une, Evan ? Pour ton sapin ?

— Je n'en vois aucune qui me plaise.

Il n'allait pas lui dire qu'il ne décorait jamais de sapin. Chiara, si attachée aux fêtes de fin d'année, n'aurait pas compris. Mais il ne faisait jamais rien de tel pour Noël. À quoi bon ? En fait, s'il avait accepté cette sortie, c'était pour faire plaisir à Chiara.

Pourtant, à sa grande surprise, Evan acheta plusieurs boîtes de friandises artisanales à l'un des stands, pour ses employés. Dans une autre, il trouva une cravate tissée à la main pour Louis, et une écharpe assortie pour sa jeune épouse. Ça alors ! Il faisait des emplettes de Noël !

De son côté, Chiara était lestée de plusieurs sacs de cadeaux, dont une écharpe en laine pour son frère. Pour son père, elle avait choisi un portefeuille en cuir cousu main. Des bijoux fantaisie pour une ou deux amies de New York. Et elle avait aussi un petit sac avec un article qu'il ne l'avait pas vue acheter. Il ignorait ce dont il s'agissait.

— Prête à faire quelques vraies boutiques ? lui demanda-t-il.

Elle se tourna vers le château depuis longtemps reconverti en centre commercial de luxe.

— Non, merci, dit-elle en levant ses paquets. J'ai tout ce qu'il me faut.

Décidément, elle n'était pas comme les autres. La plupart des femmes qu'il connaissait se seraient précipitées dans les boutiques de luxe. Au total, ils n'avaient dépensé à eux deux qu'une petite partie de la somme qu'il avait envisagée pour de tels achats. Pourtant, Chiara avait trouvé les cadeaux parfaits pour sa famille et ses amis.

Et il était satisfait de son côté !

Quand Evan lui avait dit qu'ils déjeuneraient en train, Chiara n'aurait jamais imaginé un environnement aussi glamour. Le wagon-restaurant lui rappelait une des grandes salles de bal du Grandview Hotel : murs tapissés de velours, tables en acajou, sièges richement tapissés…

Elle se rendait avec Evan au Liechtenstein, où ils rencontreraient les Italiens une dernière fois avant la décision finale. L'un d'eux y possédait une villa où il passait les fêtes de fin d'année. Ils y seraient accueillis et y resteraient la nuit, avant de repartir le lendemain à leur hôtel de Saint-Moritz. Telle était la vie d'un jet-setter comme Evan Kim, supposait Chiara. Une vie à laquelle il fallait pouvoir s'adapter. Un serveur en habit leur présenta deux coupes de champagne alors qu'ils s'installaient à leur table réservée. Dire qu'elle avait craint d'être trop habillée avec sa robe portefeuille en satin bourgogne et ses bottines ! Tout le monde, à bord, était sophistiqué. Quelle pouvait bien être sa place parmi tous ces gens ? se demanda-t-elle. Et comment s'en tirerait-elle ce soir, lors du test ultime ? Elle devait faire un sans-faute, sinon leurs efforts des dernières semaines seraient réduits à néant. Evan serait si déçu ! Par elle.

Alors qu'ils prenaient place et que le train se mettait en marche, elle oublia un peu ses inquiétudes, distraite par la vue époustouflante que la vitre proche de leur table leur offrait sur les montagnes environnantes.

— Quelle beauté, n'est-ce pas ? dit Evan.

— C'est magnifique…

— Beauté convient mieux, selon moi, fit-il.

Mais, loin de regarder par la vitre, c'était elle qu'il contemplait. Elle eut un drôle de coup au cœur. Avant qu'elle sache comment réagir, un serveur apparut avec une bouteille de champagne pour remplir de nouveau leurs verres. Puis, un autre serveur disposa un réchaud à fondue sur leur table et l'alluma. Avec un sourire chaleureux, une nouvelle serveuse y mit les carrés de fromage qu'elle venait de leur apporter, versa du vin, remua le contenu.

— Bonne dégustation, dit-elle avec un léger accent, lorsque le mélange eut acquis la texture d'une sauce épaisse et riche.

Chiara en avait l'eau à la bouche. Suivant l'exemple d'Evan, elle piqua un des croûtons de pain croustillant à leur disposition avec une brochette et le plongea dans le fromage fondu. Une explosion de saveurs lui flatta le palais, quand elle commença à manger.

— Je n'ai jamais goûté une fondue au fromage aussi délicieuse, dit-elle.

— Je suis content que ça te plaise.

Elle renouvela son manège à plusieurs reprises, savourant le repas. Mais Evan n'avait presque rien pris. Il semblait distrait.

— Qu'est-ce qu'il y a, ça ne te plaît pas ? s'enquit-elle.

Il cilla, finit par répondre après un temps :

— Oh ! si, c'est excellent. Je n'ai pas très faim, c'est tout.

Elle lui prit la main et la serra.

— Evan, tout ira bien, ce soir. Ils sont impressionnés par ta réussite, tu le sais. Et nous leur prouverons que tu es un homme d'affaires fiable et stable, prêt à s'établir, à fonder une famille.

Il plaça sa main sur celle de Chiara, mêlant leurs doigts.

— Tu as raison, bien sûr.

— Évidemment ! dit-elle avec un grand sourire. Alors, mange un peu.

La lumière de l'après-midi commençait à décliner peu à peu, alors que Chiara découvrait des panoramas plus majestueux les uns que les autres. Quand ils franchirent un haut pont, elle eut la sensation d'être suspendue en l'air.

La fondue au fromage fut suivie d'un plateau de fruits :

melon, kiwi, fruits rouges, agrumes... Chiara prit la plus grosse fraise qu'elle put trouver et ne put maîtriser un petit gémissement de plaisir en la dégustant.

Elle leva les yeux, et vit qu'Evan la fixait.

Soudain, une révélation se fit en elle. Tandis qu'elle partageait un dessert avec Evan dans ce train qui roulait à travers les Alpes suisses, Chiara dut admettre la réalité qu'elle esquivait depuis plusieurs jours maintenant.

Elle était désespérément, follement, éperdument amoureuse d'Evan Kim.

14

La rencontre se déroulait bien, semblait-il. Jusqu'ici, tout ce que Chiara avait à traduire était positif pour Evan. Presque comme si le marché était conclu et qu'ils peaufinaient les détails. Elle était sûre que lorsqu'ils quitteraient le chalet, le lendemain, le contrat serait signé.

Ils avaient réussi !

Elle pouvait enfin se délester un peu de la tension qui s'était emparée d'elle depuis le matin. Concernant cet entretien, en tout cas. Pour le reste… elle ne savait vraiment pas ce qu'elle allait faire. Comment Evan réagirait-il si elle lui avouait ses sentiments ? Si elle admettait qu'elle n'était pas du tout prête à lui dire adieu ?

Ils ne pouvaient pas se séparer comme si de rien n'était après tout ce qui s'était produit, tout ce qu'ils avaient partagé. Après ce qu'ils en étaient venus à représenter l'un pour l'autre.

Que représentaient-ils, exactement, l'un pour l'autre ? Chiara n'aurait pas su le définir. Elle savait seulement qu'elle n'était pas disposée à y renoncer.

Mais elle ignorait si Evan ressentait la même chose. Elle cherchait encore le courage de le lui demander quand ils furent conduits dans la suite du chalet où ils passeraient la nuit. Une bouteille de vin blanc frais les attendait, sur la table basse. Evan la déboucha et remplit deux verres.

— Merci, lui dit-elle.

— Non, merci à toi, répondit-il en savourant une gorgée. C'est grâce à toi que j'ai obtenu ce contrat. Sans toi, ça n'aurait jamais marché.

Elle tenta de ne pas se laisser submerger par la déception, à ces mots. Il était normal qu'il soit heureux à l'idée de pouvoir développer son entreprise, mais qu'est-ce que cela signifiait, pour elle ?

Quand il ouvrit la porte du balcon et sortit, elle le suivit, dans l'espoir qu'il apporterait des réponses aux questions qui l'assaillaient… Mais les mots qu'il prononça n'avaient rien d'encourageant.

— Je virerai les fonds sur ton compte, ce soir. Tu as bien gagné ce qui te revient. Et permets-moi de t'offrir ton billet de retour à New York. Considère ça comme un bonus.

Evan ne parlait que d'affaires, alors qu'elle avait le cœur meurtri !

C'était maintenant ou jamais. Elle devait tenter sa chance. Elle lâcha la question qui la taraudait depuis des jours.

— Voudrais-tu venir avec moi à New York ? Et dans ma maison familiale du Vermont ?

Son sourire s'effaça.

— Chiara, je ne peux pas. Merci pour l'invitation. Mais ce n'est pas possible…

Le mince espoir qu'elle conservait encore vola en éclats.

— En fait, tu ne *veux* pas. Pourquoi, Evan ?

— La réponse n'est pas si simple.

— De mon point de vue, si. Je t'en prie, dis-moi pourquoi tu préfères passer les fêtes tout seul dans ton appartement de Bali au lieu d'être avec moi.

— C'est déloyal de me demander ça, Chiara. Cela n'a jamais fait partie de notre accord.

Elle se redressa, ignorant le coup de poignard qui venait de lui percer le cœur.

— Je sais comment les choses ont commencé entre nous. Mais reconnais qu'elles ont changé, maintenant.

Le voyant silencieux, elle continua :

— Je ne sais pas comment expliquer les sentiments que j'ai pour toi. Mais j'ai l'impression de t'avoir toujours connu. Comme si nous nous étions rencontrés jadis, puis que nous nous étions perdus de vue...

— Je suis flatté, Chiara. Vraiment. Merci.

C'était donc là sa réponse ? Un merci, après l'aveu qu'elle venait de faire ?

— Pour toi, c'est facile d'abandonner les gens. Tu t'es éloigné de tes parents sans jamais regarder en arrière, après tout.

À en juger par l'air secoué d'Evan, elle était allée trop loin. Mais il était trop tard pour revenir en arrière.

— Si je puis me permettre un conseil, tu devrais essayer de te réconcilier avec eux. Avant qu'il soit trop tard.

Il la fixa en plissant les yeux.

— Un conseil ? répéta-t-il.

Elle hocha la tête.

— Ce n'est pas un conseil. Et ce n'est pas de toi qu'il s'agit, dit-il sans douceur aucune. Tu ne peux pas comparer ce que tu as perdu avec quelque chose que je n'ai jamais eu.

Un coup de vent soudain la fit frissonner. Malgré sa souffrance et son humiliation, elle avait envie qu'Evan la rejoigne, la réchauffe entre ses bras. Mais il passa devant elle et rentra à l'intérieur.

— Nous devrions dormir un peu, dit-il. Un long voyage nous attend demain.

Elle ravala sa souffrance. Demain, ils partiraient chacun dans sa direction. Sans un mot, elle gagna la salle de bains.

Chiara n'était plus là quand Evan se réveilla. La chambre était vide, le lit fait. Sans trop savoir comment, il avait fini par s'endormir avant l'aube et ne l'avait pas entendue sortir. Il était sur le point d'aller la chercher quand il aperçut au milieu du lit, sur le duvet, la bague de fiançailles et une feuille de papier ivoire. Cela lui confirma ce qu'il savait déjà au fond de son cœur : elle était partie.

D'un pas lourd, il alla lire la missive.

Evan. Pardonne-moi, mais je n'ai pas eu le cœur de voyager avec toi, après hier soir. J'ai décidé d'aller à l'aéroport au plus vite. J'ai dit aux domestiques de remercier nos hôtes de ma part, et que j'avais hâte d'entamer ma journée alors que tu préférais t'attarder au lit. Fais suivre mon bagage au Grand York Hotel de New York, s'il te plaît. Avec mes affaires uniquement. Rien d'autre.

Les phrases suivantes étaient rédigées d'une main plus incertaine, comme si elle n'était pas sûre de vouloir écrire ces mots.

Je garderai dans mon cœur tous les instants passés avec toi, et je te souhaite tout le succès possible. Affectueusement, C.

Evan lut et relut chaque mot à en avoir la vue brouillée. Il avait vraiment tout gâché. Chiara était partie !

Jurant à voix basse, il écrasa le papier dans son poing qu'il abattit brutalement contre le mur, au point de manquer faire tomber un tableau.

Comme il se tournait de nouveau vers le lit, son regard tomba sur une boîte rectangulaire en carton blanc, avec un nœud de satin rouge. Son nom calligraphié y figurait.

Les doigts tremblants, il la déballa et l'ouvrit. Elle contenait un sapin de Noël sculpté. Une étiquette y était attachée :

Un arbre rien que pour toi.

Le souffle lui manqua alors qu'il observait la petite œuvre d'art. Chiara avait dû l'acquérir pour lui lorsqu'ils avaient fait les achats de Noël, à un moment où il était distrait. Elle avait donc vu clair dans son jeu, quand il avait refusé d'acheter les décorations de Noël sous prétexte qu'elles ne lui plaisaient pas. Pourquoi en était-il surpris ? En quelques brèves semaines, Chiara Pearson en était venue à le connaître mieux que quiconque. À tenir profondément à lui, aussi. Et quand elle le lui avait avoué, il avait balayé son aveu d'un revers de main…

Son mobile vibra mais hélas, ce n'était pas Chiara.

— Salut, mon pote, pourquoi appelles-tu ? Tu n'es pas censé être en lune de miel ?

Evan savait qu'il se montrait brusque. Mais en ce moment, il s'en fichait. Louis, lui, répondit par un grand rire jovial.

— Il fallait à tout prix que je te joigne, après avoir vu sur ma tablette toutes ces photos de toi en Suisse, avec ta ravissante fiancée. Alors, ce mariage, c'est pour quand ?

Evan n'y tint plus. Il n'avait plus le cœur de mentir. Pas à son meilleur ami. Sans vraiment l'avoir projeté, il lâcha toute l'histoire, concluant par le fait que sa fiancée provisoire n'avait même pas voulu lui dire adieu avant de le quitter au petit matin.

Un long silence suivit ce déballage.

— Alors, rien de tout ça n'était réel ? dit enfin Louis.

— Si, répondit Evan, ravalant son amertume. Je suis navré de t'avoir menti. Je t'aurais tout révélé plus tôt, mais tu avais d'autres choses sur le feu.

— Tu n'as pas à t'excuser, assura Louis sans hésitation. Mais c'est tout de même bizarre.

— Qu'est-ce qui est bizarre ?

— Personnellement, j'y ai cru, tu sais.

Evan ne savait que répondre, mais son ami enchaînait déjà :

— Evan, j'ai eu l'impression que cette jeune femme et toi étiez sincèrement épris. Es-tu sûr que tu n'as aucun sentiment pour elle ?

Elle avait peut-être cédé à une impulsion regrettable en quittant le chalet, mais Chiara sentait qu'elle se serait effondrée en restant une minute de plus avec Evan, en sachant qu'elle tenait plus à lui que lui à elle. Si toutefois il éprouvait quelque chose à son égard !

Comment avait-elle pu se tromper à ce point sur son compte ? Quand il l'avait touchée, caressée, aimée... cela n'avait donc rien signifié pour lui ?

Son taxi la déposa devant les départs de l'aéroport de Lugano, et elle se tamponna les yeux avant de descendre puis, balançant deux sacs sur son épaule, elle se dirigea vers l'entrée.

Ses aventures de routarde étaient terminées. Elle ne savait pas ce qui l'attendait aux États-Unis, mais elle avait fini son périple. Elle espérait seulement avoir été digne de sa mère en visitant tous ces lieux que Gabriella Pearson aurait adoré voir.

L'aéroport était gai et festif, avec ses décorations, ses haut-parleurs déversant des chants de Noël. Les Suisses avaient décidément le sens de la fête. Il y avait aussi énormément de monde. Elle n'avait peut-être pas été très avisée en prenant le chemin de l'aéroport avant d'avoir un billet, mais elle avait un passeport et une carte de crédit. Que lui fallait-il de plus pour rentrer chez elle ?

Cependant, quand elle parvint à l'embarquement, une déconvenue l'attendait. Un message passait sur tous les écrans : les vols pour La Guardia étaient annulés car une tempête de grande magnitude sévissait sur la moitié de l'hémisphère.

Les larmes qu'elle n'avait cessé de contenir débordèrent, impossibles à arrêter. Elle n'avait nulle part où aller ! Après tout ce qu'elle avait traversé, elle ne pourrait pas rentrer chez elle, au bout du compte. Elle était là, coincée dans un aéroport, incapable de rentrer à l'hôtel pour affronter Evan, et dans l'impossibilité de prendre un avion pour rejoindre sa famille.

Les doigts tremblants, les yeux brouillés de larmes, elle sortit son portable pour annoncer la mauvaise nouvelle à son père. L'appareil lui échappa et tomba par terre, l'écran se fendit en deux. Il ne manquait plus que ça ! Un instant après, soulagée de constater qu'il fonctionnait encore, Chiara ne put pourtant pas se résoudre à appeler son père. Il comprendrait, elle ne pouvait pas lutter contre le mauvais temps. Mais il serait si déçu ! Elle lui avait juré d'être là à Noël, après trois années d'absence.

Elle avait besoin d'air ! Ne supportant plus l'atmosphère festive de l'aéroport, elle le quitta en courant, trouva un banc en bord de route et, posant ses sacs à terre, s'assit sur le bois glacé. Elle devait se ressaisir. Elle était en sécurité, dans un lieu public, et dès que la tempête de neige s'apaiserait, elle pourrait rentrer chez elle. Ce n'était qu'un contretemps mineur.

Alors, pourquoi avait-elle envie de sangloter ?

Si grand fût son besoin de parler à quelqu'un, elle n'avait pas le cœur de téléphoner à son père ou son frère pour leur annoncer qu'elle aurait au moins un jour de retard. Une autre personne familière lui vint à l'esprit : Nuri ! Elle devait être rentrée chez elle après son service. En effet, elle décrocha à la première sonnerie, et Chiara raconta toute l'histoire en s'efforçant de ne pas céder aux larmes. Quand elle eut fini, elle perçut un soupir d'étonnement, à l'autre bout du fil.

— L'essentiel, dit Nuri, c'est que tu ailles bien. Mais Chiara… tu es vraiment partie comme ça ? Dès le lendemain de la dispute ?

Chiara hésita.

— Je n'appellerais pas ça une simple dispute, Nuri.

— Peut-être. Mais je ne t'ai jamais vue prendre la fuite. Quelles que soient les circonstances. Alors, pourquoi l'as-tu fait, cette fois ?

Ces mots troublèrent Chiara. Nuri avait-elle raison ? Au lieu de s'expliquer avec Evan, avait-elle choisi la solution de facilité en prenant la fuite ? Après avoir donné à son amie une réponse évasive, elle mit fin à la communication.

Même si elle était malheureuse, Evan méritait qu'elle lui dise au revoir, non ? Elle fixait son mobile, envisageant de lui téléphoner, lorsque l'écran se mit à boguer. Au lieu de son écran d'accueil habituel, d'anciennes photos remontant à des années s'affichèrent successivement, lui rappelant de vieux souvenirs. Pour finir, il se figea sur une photo d'elle et de sa mère, souriantes, devant les portes du Grand York Hotel, lors de leur ultime Noël ensemble.

Bizarre. Était-ce le contrecoup de la chute de tout à l'heure ? Ou était-ce un miracle de Noël ? Une tentative pour lui envoyer un message ?

Chiara se secoua. Quelle idée extravagante ! L'écran était tel que d'habitude, quand elle le regarda de nouveau. Son imagination lui jouait des tours.

15

Evan fixa l'écran de sa tablette et étouffa un juron. Tous les vols étaient annulés. Aucun avion ne décollerait pendant plusieurs heures. Il s'y était pris trop tard. Chiara était partie. Parce qu'il avait été aveugle, parce qu'il avait eu trop peur de saisir sa chance.

En harmonie avec son humeur, des tourbillons de neige envahirent le ciel, accompagnés d'un vent violent. Evan se pencha vers l'écran de séparation pour dire au chauffeur de s'arrêter dès qu'il pourrait. On n'y voyait pas à plus d'un pas avec cette tempête soudaine.

Le chauffeur obéit aussitôt, reconnaissant. Ils étaient immobilisés à quelques mètres de l'aéroport. Génial !

C'est alors qu'il la vit. Il crut d'abord qu'il était victime de son imagination, mais un examen attentif lui ôta ses doutes. Une silhouette familière se levait d'un banc, près de l'entrée du terminal, et prenait deux petits sacs posés à terre. En un éclair, Evan sortit de voiture et s'élança vers elle.

— Chiara !

Elle s'immobilisa, puis elle se tourna vers lui, et l'émotion qu'il lut dans son regard le bouleversa.

— Evan ?

En deux pas, il l'eut rejointe, et lui prit les mains.

— Bonjour, ma douce.

— J'allais t'appeler, mais...

Ces mots furent comme une douce musique aux oreilles d'Evan, qui se prit à espérer. Mais il lui devait tout d'abord des excuses.

— Que fais-tu ici ? lui demanda-t-elle, abasourdie.

— Je voulais te rattraper avant que tu t'envoles pour les États-Unis.

— Vraiment ?

Il hocha la tête.

— Tu es partie si vite que tu as laissé des choses derrière toi. Je voulais être certain que tu les emporterais.

— Quelles choses ?

Il sortit de sa poche le petit article qu'il avait acheté en chemin. Réalisé à la main, dans le cristal le plus pur, il était incrusté de gemmes colorées.

— Une décoration, dit-il en lui souriant. Pour remplacer le trophée que tu as gagné au *kaitenzushi*.

Elle eut un rire léger.

— C'est plus élégant que mon petit jouet en plastique, dit-elle en levant la boule cristalline pour mieux la voir. C'est très beau, Evan. Merci. Mais tu n'étais pas obligé de me faire un cadeau d'adieu.

— Peut-être. Je voulais aussi te donner ceci.

Il présenta la bague de fiançailles. Aussitôt, elle secoua la tête.

— Je ne peux pas accepter. Cela ne me dérangeait pas tant que c'était temporaire. Mais une femme ne devrait accepter une bague de fiançailles que si elle est réellement fiancée.

— Je suis d'accord, dit-il en lui prenant la main. C'est pour ça que je te la rends.

Malgré la neige, et le sol mouillé et froid, Evan n'eut pas d'hésitation. Mettant un genou à terre, il glissa l'anneau au doigt de Chiara.

— Je ne fais pas semblant, cette fois.

Elle en resta sidérée. Elle cilla, le regarda d'un air interrogateur.

— Evan ? Je... je ne sais pas quoi dire.

— Dis oui.

— J'ai besoin de savoir si c'est vraiment ce que tu veux, Evan. Hier soir...

Se redressant d'un bond et l'empêchant de poursuivre, il l'attira contre lui.

— Hier soir, je me suis comporté comme un imbécile. Je le sais, maintenant.

— Vraiment ?

— Chiara, tu es ce qui manquait à ma vie sans que j'en aie conscience.

— Moi ?

Il hocha la tête, trop ému pour parler.

— Oh ! Evan ! Moi aussi, je suis amoureuse de toi.

Elle avait les yeux brillants en admettant ce qu'il savait au fond de son âme depuis des jours. Son regard débordait d'amour. Pour lui. Dire qu'il avait failli laisser sortir de sa vie cette femme qui l'aimait ! Un heureux tour du destin lui avait épargné cette affreuse erreur. Et il en serait éternellement reconnaissant. Il ferait tout ce qu'il fallait pour se faire pardonner sa conduite de la veille, et tenir ses promesses. Si seulement Chiara lui accordait cette chance.

Chiara craignait d'être victime de son imagination. Cela avait commencé par les étranges photos mouvantes sur son mobile, puis des tourbillons de neige s'étaient abattus sur la ville. Et, à travers le rideau de flocons, Evan Kim avait surgi pour l'aborder. Il était là, devant elle, qui la demandait en mariage.

Cela ne pouvait pas être réel…

Elle se rappela qu'elle devait être forte. Il fallait d'abord qu'elle soit fixée. Elle tenait bon, luttant contre le désir de se jeter dans les bras d'Evan, d'avouer qu'il lui avait terriblement manqué, qu'elle s'était sentie abattue lorsqu'elle avait cru qu'ils ne se reverraient plus. Même quand il lui avait offert le petit ornement, elle avait tenu bon. Mais quand il lui avait passé au doigt la bague de fiançailles, à demi agenouillé devant elle…

Cependant, elle devait rester prudente et préserver son cœur. Car si elle perdait pour la seconde fois Evan Kim, elle en serait dévastée à tout jamais.

— Mais qu'est-ce qui t'a fait changer d'avis ? demanda-t-elle.

— À l'idée de rentrer chez moi sans toi, j'ai été amené à réfléchir. Et j'ai compris quelque chose.

— Quoi ?

— J'ai été seul pendant la majeure partie de ma vie, mais à ton départ, c'était la première fois que je me *sentais* seul. Même le nouveau contrat avait cessé de m'intéresser, dit Evan, lui serrant plus fort la main. Tout ce qui comptait, c'était de te retrouver. Et de ne plus jamais te laisser partir.

Il disait tout ce que Chiara avait envie d'entendre. Et comment aurait-elle résisté à ces mots enchanteurs ? Evan affirmait qu'il l'aimait, et elle le croyait de tout son être. Elle l'aimait tout autant que lui. Ses ultimes résistances s'effondrèrent.

Elle se jeta dans ses bras et se blottit contre son torse, savourant d'être à nouveau dans ses bras.

— Si je dois manquer mon Noël dans le Vermont, j'aurai au moins le bonheur de le passer ici avec toi.

— Manquer ton Noël à la maison ? dit-il en lui relevant le menton avec douceur. Je ne le permettrai pas !

Elle désigna le ciel, la couche de neige qui commençait à s'épaissir sur leurs cheveux et leurs épaules.

— Au cas où tu ne l'aurais pas remarqué, nous sommes en pleine tempête. Tous les vols à partir d'ici ont été annulés pour une durée indéterminée.

— Possible, mais moi, j'ai un jet privé qui sera à ton service dès que nous aurons le feu vert.

— Nous ?

— J'adorerais t'accompagner dans le Vermont. Si l'invitation tient toujours.

— Tu veux venir à la maison avec moi ?

— Si tu m'acceptes encore. Je sais que je n'ai pas le droit de te demander ça. Je pourrai faire leur connaissance plus tard. C'est comme tu voudras.

— Non, viens ! Je veux présenter à ma famille l'homme que je vais épouser !

Alors que les flocons de neige tourbillonnaient autour d'eux, Evan attira Chiara à lui et l'embrassa à pleine bouche, comme elle le désirait si éperdument depuis qu'ils s'étaient retrouvés.

— On va atterrir dans quelques minutes, dit Evan, serrant la main de Chiara – il ne pouvait pas s'empêcher de la toucher sans cesse.

— J'ai hâte d'être au cottage !

L'excitation perçait dans la voix de Chiara alors que l'appareil amorçait sa descente finale. D'habitude, en vol, Evan travaillait mais aujourd'hui, il savourait ces moments de détente. Depuis qu'il avait retrouvé Chiara, il voulait jouir de chaque instant passé en sa compagnie.

Il avait été fou de croire qu'il pourrait renoncer à tout cela, après en avoir fait l'expérience. S'il n'y avait pas eu Chiara, il serait maintenant en route pour son appartement de Bali. Seul. Avec du travail de codage pour seule perspective.

— Ils ont sûrement déjà coupé le sapin de Noël, reprit Chiara. Nous le faisons tous les ans. Mais on pourrait faire une balade dans les bois, toi et moi, pour trouver un sapin plus petit, qui serait le nôtre. Je t'ai déjà dit qu'on avait souvent deux sapins ?

Evan pouffa. Elle le lui avait dit et répété !

— Tu en as parlé, mais j'aimerais que tu m'en dises plus.

— Eh bien, continua-t-elle, on passe la soirée à regarder de vieux films classiques (on a les mêmes goûts, Marco et moi) en grignotant des cookies, bien sûr. Ce n'est pas aussi glamour que ce dont tu as l'habitude à Singapour ou à Bali, mais...

Elle s'interrompit et lâcha un petit rire. Puis :

— Je parie que je t'ennuie ?

— Tu ne m'ennuies jamais, ma douce.

— Je suis si impatiente de rentrer ! dit-elle. Et de pouvoir partager tout ça avec toi.

Il s'inclina pour l'embrasser doucement sur la joue.

— Moi aussi, j'ai hâte de rentrer à la maison avec toi.

Elle n'avait pas idée de la profonde vérité que recelaient ces mots : grâce à Chiara, pour la première fois de sa vie, il allait passer les fêtes au sein d'une vraie famille.

Vous avez aimé ce roman ?
Découvrez les romans qui lui sont liés aux mois
de novembre et décembre dans votre collection Azur !
Des histoires signées Susan Meier et Jessica Gilmore.